其實好像愛情就是這個樣子，
我想你是真的，我想和你在一起也是真的，

但你給的失望也是真的。

儘管白天你努力地忙到讓自己沒有時間去想念他，
但在深夜的時候，
他還是會深入你的夢境揭穿你辛苦掩飾的太平。

我聽說「喜歡」就是「喜歡在一起」，
相愛的人們吵了架，見一面就會和好，
可是如果在一起都覺得厭煩，
大概「喜歡」已經離我們很遠了。

不愛你的人，即使他就在你面前，
你們仍舊是有著一輩子的時差。

而真正愛你的人，
即使不在同一個時區，
他也願意為了你去追趕時差。

我不想跟你做朋友，不是因為我有多小氣，
而是我不能當曾經的傷害沒發生過，
不是你說和好就和好的，
不是你說做朋友就做朋友的。

那些傷害確確實實讓我痛過，我都記得。

很多時候你不去試一試，
真的很可能就錯過了那個人，
即便我們都知道，
這樣義無反顧地去愛，
並不一定能得到想要的那個答案，
但總好過不敢嘗試。

其實，不是真的習慣了，
而是怕被別人看到自己的孤獨，
雖然可以盡最大的努力假裝自己一個人什麼都能行，
可心裡還是會期待累了的時候有個人能夠遞杯水給你。

成年人要體面，
對待愛情和友情都要體面和謹慎，
很多東西沒辦法拿到檯面上說，
很多情緒也只能咽到肚子裡。
脆弱的樣子都不想讓別人看到，
哭的時刻越來越少。

但只有自己知道，
真的就是表面上不動聲色，心裡已經泣不成聲。

我可以很喜歡你，
也可以沒有你——

七樓的貓--------------------著

請你過得好，並讓我一無所知

現在想想，
喜歡一個人怎麼可以卑微到那種樣子呢？
不去看他不喜歡自己的事實，
又不停尋找或許他還喜歡自己的蹤跡。

真是太累了，
那時的我，為什麼這樣樂此不疲呢？

是啊，很多想念、喜歡、不喜歡，都是下意識的事，
就像那句話一樣：
「聽到一些事，明明不相干，卻還是會在心裡拐好幾個彎想到你。」

關於「我想你」這種病

我們總是說自己害怕失戀，
害怕離家，害怕說再見，
說到底，不是因為我們真的有多害怕分別，
而是我們害怕那種有人陪的狀態被打破，
害怕一個人。

我可以很喜歡你，也可以沒有你

成長的過程裡有一節叫「失去」的必修課

其實我們都知道，
我們身邊的所有都會有消失的那一天，
卻還是在消失的那一刻措手不及，悲傷、難過。

我們往前過的每一天，
都是在努力地把身邊的事物往後推，
越來越遠，遠到慢慢看不見，
慢慢說再見，然後失去。

請你過得好，
並讓我一無所知

現在想想，

喜歡一個人怎麼可以卑微到那種樣子呢？

不去看他不喜歡自己的事實，

又不停尋找或許他還喜歡自己的蹤跡。

真是太累了，

那時的我，為什麼這樣樂此不疲呢？

分開後，我活成了自己喜歡的樣子

顧漫在《何以笙簫默》裡說：「既然我找不到你，那我只好站在顯眼的地方讓你找到了。」

不瞞你們說，在日常生活中，我是一個非常自卑的人，時時刻刻都覺得自己是人群中最差勁的那一個，什麼都做不好。

我小的時候家庭條件不是很好，自卑感也是從那時開始的。那個時候學校舉辦運動會，其他小朋友總是拎著大包小包的好吃的東西坐在看臺上看比賽，而我兩手空空，只能坐在一旁羨慕他們，就連一小包糖果餅乾對我來說都是很難得的東西，所以我很討厭那時的一切。

後來我長大了，變得沒那麼自卑了，因為我的成績變好了，畢竟單憑成績好這一點就可以討家長和老師歡心。

可是再後來，上了高中，我成績下滑得很明顯，喜歡我的老師越來越少了，我甚至開始被歸為後段班，慢慢地，我變得比小時候還要自卑，時常覺得自己可能永無翻身之日了，要一輩子站在自卑的烏雲下面，不敢抬頭。

再後來，我和你在一起了，對我來說那是我之前連想都不敢想的事，你太優秀了，優秀得讓我覺得你整個人都在閃閃發光。你成績好，臉長得好看，身材也好，籃球更是不用說了，還是籃球隊隊長，這些你表現出來的特徵幾乎符合每一個高中小女生心目中少年的樣子。

而我呢，成績很差，不愛說話，不喜歡參加團體活動，臉蛋長得不夠好看，身材也不好，還總是帶著一副黑框眼鏡，一身校服，標準的學生頭，放在人堆裡，幾乎很難找到，可是就是這樣，相差懸殊的我們在一起了。

後來很長的一段時間裡，我都覺得自己是在做夢，偶爾也會有種醜小鴨釣到白馬王子般的開心，但那種心情極少出現，因為我的自卑心理實在是太強了。

也不知道你後來是不是察覺到了我的自卑，你開始誇我，你會在我剛洗完澡披散著頭髮出現在你面前時誇我好看，會在我沒自信地說自己不好看時，告訴我：「其實你很漂亮。」

可能是因為時間久了吧，你也膩了這段感情，我們之間的矛盾開始日益明顯，你慢慢讓我感受到，我配不上那麼優秀的你。

比如，大學的時候，你從來都沒有帶我逛過你的校園，離你學校最近的一次，是你帶我在你們學校的圍牆外繞圈，我們兩個從東院門口一直牽手走到了西門，不知道為什麼，走到一半的時候，你突然就鬆開了我的手，快走了幾步，過了一會兒我追上去問你怎麼了，你說，剛剛看到了認識的同學。

再比如，每次我打電話給你，你都一定要去寢室陽臺接，有時候太晚了，你就會跟我說，你已經躺下了，不想起來穿衣服去陽臺。其實我一直都知道，你只是不想讓你室友知道我這個女朋友的存在。

但很多時候你還是會表現出一些愛我的小細節，你會在我夜裡睡不著的時候一直陪我聊天，會在凌晨三四點的時候發訊息給我說：「寶寶，我好愛你。」

所以那時候我總覺得，你是在等我的，在等我變好。

於是我覺得我應該努力成為一名合格的女朋友，至少是能讓你自然地在你的朋友面前介紹的女朋友。我開始努力學習，報各種技能班，考很多證書，留長頭髮，減肥，摘下黑框眼鏡，學化妝，買衣服學穿搭。可是還沒有等我完全變好，你就和我說了分手。

我不知道是你等不及了，
還是你從來就沒有等過我。

我們分手後，我沉浸在悲傷中很久很久，久到我身邊的人都不知道該怎麼繼續勸我了，那段時間我聽到的最多的話就是——你一定要振作起來，要變好，讓他知道離開你是他做過的最錯誤的決定。

那時，我蜷縮在寢室的小床上，旁邊白色的枕套被我大塊大塊的淚痕浸成了黃色，鏡子裡的我，頭髮凌亂，黑眼圈和眼袋幾乎要霸占整張臉，下巴和額頭上的痘痘也開始肆意冒出來，是的，我比以前更醜了。我抱著閨密大哭了一場，大喊著：「我不能再這樣下去了！我要變好，好到讓他後悔！」

可是我心裡卻在和自己說，
我不是真的要讓你後悔，
是要好到讓你回過頭來找我。

我的生活開始歸於平常，我按時上課，甚至開始準備考研究所，勵志要麼當一名新聞記者，要麼成為一名自由撰稿人。我開始惡補新聞知識，每天早上六點寢室門一開，我就衝出去，跑到學校的湖邊，背英文單詞，背新聞史，背新聞概論，我瘋了一樣地發誓要考上新聞研究所的第一志願。很多人都覺得我是一個神經病，為什麼要去跨考一個不相關的研究所，甚至身邊很多不考研究所的同學都覺得我像個瘋子一樣，追求著不切實際的理想。

可是我卻在心裡想：不行，我一定要考上，我要將錄取通知書甩你臉上，讓你知道我一點都不比你差，甚至比你優秀很多。

再後來我開始接觸新媒體，經營了社群，我每天都在社群網站上抒發自己的心情，因為沒有認識的人關注，我肆無忌憚地在上面發那些想你的話，慢慢地被越來越多的人喜歡，他們會跟我說我有些心情和他們的好像啊，越來越多失戀的人開始跟我說他們的故事，我變成了一個情感樹洞，沒事的時候就回回他們訊息，用一些我看起來都覺得無力的句子安慰著他們，久而久之，我都忘了，我自己也失著戀呢。

又過了半年多，我在某個蠻知名的閱讀平台上發表了一篇《寫給前任的一封信》，被編輯選上了首頁，數千人跑來留言給我，一邊說著心疼我，一邊告訴我他們自己的故事，甚至他們都跟我說，這篇文章看一次哭一次。我在螢幕這頭一邊慶幸一邊流淚，慶幸的是我的命真好，發的第一篇文章就有這麼大的迴響，可是那是我扒開已經結痂的傷口寫的啊。

沒幾天，那篇文章的點閱率就幾千萬了，許多知名 Podcast 上的無數個 Podcaster 將這篇文章錄製成了節目，我開始害怕，這幾千萬的點閱率裡面會不會有一個是你，你會不會無意間聽到某個 Podcast 錄的這篇文章，你會不會猜到那個徐先生就是你，我害怕你知道，又害怕你不知道。

後來我的粉絲也越來越多，還成了那個閱讀平台上人氣不錯的簽約作者，但這一切我都沒有和身邊任何一個與你有關的朋友說。因為我想有一天，我一定會站在最顯眼的位置，讓你看到我，告訴你，你看啊，我早就沒那麼差勁了。

隨著我們分開的日子一天一天變多，考研究所的日子也不斷逼近，在考試倒數六十天的時候，我參加了一個徵文比賽，我把我們的故事一點一點寫出來，所有的甜蜜心酸都被我寫出來給大家看，不知道是故事太動人，還是感情太深刻，我的文章訂閱數飛一樣地猛漲，出人意料地，我拿到了那次比賽的第一名，也得到了很多出版社編輯的肯定，順理成章地簽訂了出版合約。

我像做夢一樣地感受著那一切，最後我為了寫作放棄了考研究所。我躲在被子裡哭，在和媽媽視訊的鏡頭前哭，整整不開心了三天，三天後我突然問自己，真的很想讀研究所嗎？那一刻我內心的答案竟然是否定的。我才知道原來我辛辛苦苦準備了一年多，只不過是不甘心，只不過是想要在你面前證明自己，從始至終我都幻想著有一天能把錄取通知書扔你臉上，告訴你：怎麼樣，我的研究所學校比你的大學學校厲害多了。而實際上我從來都沒有問過自己真正想要的是什麼。

放棄考研究所的那天，有一個高中時和我們兩個人關係都很好的一個同學找我聊天。

她說：「我看到了你寫的文章，知道你得了第一名，也看到你簽了出版合約，可是你會後悔放棄考研究所嗎？我覺得你可以變得更優秀。」

我跟她說：「那些可能並不是我真正想要的，當初的我只不過是想證明給他看我有多優秀，而如今，我已經快要成為那時我想要成為的人，至於他，我想我已經不需要再去證明什麼了。」

朋友問我：「那你現在怎麼想的，你應該還沒有放下他吧？」

我說：「我要出一本關於我們之間的故事的書，再有點野心呢，就是把我們的故事改編成電影電視劇，等他看完，電影院燈光亮起的時候，會和旁邊的人感嘆著說，這個故事和我好像啊。還希望他能經常在網路上看到我寫的文章，讓他知道我對他是遙不可及的，哈哈哈。」

朋友發來一句：「離開你，大概是他做過的最錯誤的決定。」

我看著螢幕上的那幾個字，哭得淅瀝嘩啦，我等了這句話很久，但聽到的那一刻卻很難過。因為這位朋友在我分手的時候和我說過，其實她從一開始就沒有看好過我們的愛情，走到分手也是意料之中。所以當她後來再說出與曾經截然相反的話時，我難過地不知所措，我怎麼都沒想到，那些曾經不看好我們的人會因為我變得優秀而替你惋惜。

後來閨密跟我說，在愛情裡有一種狀態是很可悲的，就是你已經閃亮到讓一個人連離開都要猶豫了。我聽了之後連連贊同，畢竟大家都到了步入社會的年紀了，金錢、利益、地位……未來是我們都無法放棄的誘惑，而那年的分開，或許只是因為不夠喜歡吧。

所以啊，算了吧，不用你來找我了，

而我啊，仍舊想要站在最顯眼的位置上，

但這次你看著就好。

謝謝你，分開後，我活成了自己喜歡的樣子。

原來愛而不得，
是人生常態

電影《後來的我們》上映了，導演劉若英是我很喜歡的女藝人，男主角也是我最愛的井柏然，我迫不及待地去看了電影的首映，原本以為看完這部電影，我會非常懷念當初和我走散的那個人，會回頭衝上去和他說，我們不要留遺憾了。卻沒想到，在看完電影的那一瞬間，我釋懷了很多。

建議那些沒有辦法釋懷過去感情的人，去看一下這部電影，或許你會明白，後來的我們，就是不會再有我們了。

電影很巧妙地用了兩種時間的方式敘述了這段跨越十年的愛情故事。

十年前，見清和小曉因一張火車票，在過年回家的綠皮火車上相遇相識。

十年後，他們兩個人在回北京的飛機上再次相逢。那樣熟悉的兩個人，在飛機上，隔著一段距離，心靈感應般地回頭默默看著對方，點頭微笑。我想，那就是所有後來的我們再相遇時的情景。

這一切都好像歌裡唱的一樣：十年之後，我們是朋友，還可以問候，只是那種溫柔再找不到擁抱的理由。

十年前，小曉是那個很早就來北京打工，一心想過好生活，想嫁給北京人的那個傻姑娘。見清是那個剛畢業找不到工作，不知道第一步要邁向哪裡的傻小子。

電影裡，見清和小曉在一起之前，有個畫面讓我印象特別深刻，是跨年的時候，小曉拿著新交往的男朋友買給她的手機向見清炫耀，說：「你看啊，他買了新手機給我。」

見清反問小曉：「他為什麼不陪你跨年。」

小曉臉色沉了下來，又笑著說：「他工作那麼忙，要應酬啊。」

「他對你不好。」

「不，他對我很好。」

「買新手機給你就對你好？」

那一刻，我覺得，見清是知道該怎樣愛一個人的，他總是在用行動告訴小曉，我可以為你摘天上的星星，也可以為你撈海底的月亮。

但後來呢，所有的一切都還是抵不過現實的殘酷。

之前看到有人說，在北京這片土壤上談戀愛，真的太累了。北京真的不適合談戀愛，這是一座欲望都市，適合創業，適合加班，也適合燈紅酒綠，但就是很難正正經經地談戀愛。

想想，其實不是沒有道理，從電影中能看到，見清和小曉住在一個幾坪的雅房裡，熱烈地愛著彼此，但還是沒辦法避免因為現實的殘酷而爭吵。

電影後面，見清和小曉被趕出雅房，兩人剛搬完家，東西堆了一地，見清為了逃避現實，沉浸在遊戲中，戴著耳機完全聽不見小曉在一旁和他說的話。

見清在公司受了氣，和小曉吃飯的時候，和路人打架。我想那時小曉就已經意識到，他們很難有未來。

不得不承認，這座城市一點一點消磨掉了他們當初堅定的愛。

無望的漂泊，無望的貧窮，他們最後還是分開了。

幾年後飛機上的相遇，因為暴雪，航班取消，明知結局，我卻還是懷著期待，期待著他們兩個人能真的相逢，重新開始。

直到在飯店裡，見清和兒子視訊的那一刻，我和電影裡的小曉一樣，恍然明白，是真的回不去了。

電影裡有一段見清和小曉在車上的對白。

「I miss you.」

「我也想你了。」

「不，我是說，我錯過你了。」

這段對白，看哭了多少人，多少人才意識到，有些感情，從分開的那一刻，就注定回不去了。我想，這十年間，見清沒有一刻是不愛著小曉的，他迫切地想和小曉有一個結局，卻又滿是心酸無奈。

見清問小曉：「如果當年我們愛下去會怎樣？」

小曉說：「我們還是會分開。」

「那如果我們結婚了呢？」

「那我們會離婚。」

「如果我當時很有錢呢？」

「那你早就已經找了十個小三了……」

大概這就是人生常態吧，沒有如果。

我剛開始實習的時候認識了一個姐姐，當時她和她男朋友已經在一起十年了，從高中就在一起，到大學畢業工作都沒分開。

有一次我們吃飯的時候，另一個同事問她打算什麼時候結婚。

她咬了咬嘴唇，又笑了說：「也不著急，我們兩個現在的狀態和結了婚也沒什麼差別，都在一起這麼久了，早就像家人一樣了。」

那時我很羨慕她，從愛情懵懂的時候開始，到漸漸懂事和成熟，一直愛著一個人，就很幸福，我覺得那一直都是我嚮往的愛情。

但前不久，因為有工作上的事需要諮詢她，就和那個姐姐聊起了天，問她結婚了沒有。

她說：「結了，但不是和之前的那個男朋友。」

我問她為什麼？她說，她一直都想結婚了，畢竟也到了年紀了，但那個男孩子就是不著急，認為還可以再等等，她覺得男孩子的未來裡沒有她，就分手了，後來又遇到了還不錯的人，因為合適就結婚了。

我問她：「後不後悔。」

她說：「其實也沒什麼，有些人可能就是沒有辦法在一起吧，我現在很幸福，覺得也挺好的。」

他們兩個人很像田馥甄歌裡唱的那樣，最後我們變成愛了很久的朋友，可笑在愛到血肉模糊時候，淚水能補救，可惜到傷疤結在心頭。

你說，關於這樣青春的遺憾，是不是每天都在上演？

我之前看過一個關於井柏然的採訪，他說，他在看完《後來的我們》這個劇本後，就決定要演林見清這個角色，因為他覺得，這是他生命中缺少的一部分，他的青春中沒有過這樣的經歷。

我很榮幸在喜歡了井柏然的第十一年時見到了他，我去了《後來的我們》的媒體特映，在特映見面會上，我問井柏然：「如果你生命中真的有過這樣一段感情，你會選擇繼續去等待那個女孩，還是像電影中一樣，留下遺憾？」

他很認真地回答了我，他說：「不是所有的故事都一定要有美好的結局，人生總是要有遺憾，青春應該是奮不顧身，不顧結局地去愛，因為愛過了才不後悔。到數年以後，過了那樣的衝動，就再也不會體會到那樣的愛情了。」

就像電影裡的臺詞：

「為什麼從來都沒有一個故事，從頭到尾是幸福的？」

「幸福不是故事，不幸才是。」

以前一直都覺得，兩個人從相識相愛走到分手，真的很殘忍，那樣地親密無間，到最後只能殘忍到做陌生人。

但看完電影後，我真的釋然了很多，人這一輩子總是會有得不到的東西，有些人能遇見就已經足夠了，那些遺憾的故事，多年後再提起，也是一種幸福。

一直都覺得，愛到最後，我們變成了愛了很久的朋友。這便是愛情裡最心酸的狀態了。

不知道你們能不能懂那種感覺，就是很多年後，很清楚彼此都不會再相愛了，甚至連那種沒辦法在一起時的那種怨恨、難過都沒有了。

我們不會老死不相往來，但也不會再有刻意的交集，遇見就順其自然，是路人也是朋友，對曾經的感情和愛也都閉口不談。

在電影《後來的我們》中的插曲〈愛了很久的朋友〉中，這首歌的熱門評論裡有這樣一句話：慢慢大家會明白，無法跟喜歡的人在一起，其實是人生常態。

很久很久之後，我們會明白，

人這一輩子，總是有得不到的東西。

陪你酩酊大醉的人，
是沒辦法送你回家的

《大話西遊》重映的時候，阿倉早早就買了上映當天的票，我一下班就被她拉去了電影院。

阿倉很喜歡周星馳，他的每一部電影都要看上十多遍，她有一個習慣，就是每年都會撥出固定的時間來重溫那些經典電影，《大話西遊》自然不會例外，她每年都會看，所以，我早就料到她肯定不會放棄這次看重映的機會。

那天在影廳裡，我正看得入神的時候，她卻在我旁邊哭得淅瀝嘩啦，用她的話來說，彷彿自己失戀了一樣。

其實就像我們看到的一樣，電影裡的這段感情是錯位的，至尊寶和孫悟空彷彿就是兩個人，白晶晶愛上的是孫悟空，紫霞仙子愛上的是至尊寶，可是至尊寶和白晶晶在一起的時候還只是至尊寶，等到他愛上紫霞仙子時，他已經變成了孫悟空。

所有人的出場順序都不對，所有人的緣分都撐不到最後，所以啊，至尊寶錯過了白晶晶，孫悟空錯過了紫霞仙子。

看完電影後，阿倉一直都在感慨，那麼相愛的兩個人明明是可以在一起的啊，為什麼就要這麼錯過了呢，真是太遺憾了。

後來，阿倉跟我說起她高中時喜歡的那個男孩子，眼裡還泛著電影後留下的淚珠，她說：「如果現在我和他再相遇，在高中或者國中的同學聚會上，他看到我摘了眼鏡後變得很漂亮，頭髮也留長了，什麼都變好了，可能會發現還喜歡我，而我也是，我們是不是就可以重新在一起了？」

她說：「我一直都覺得和他分開後，我和誰在一起都可以，無所謂，因為我最後肯定是會和他在一起的啊，我知道的，可是現在呢，好像真的不可能了。」

其實她的那些感受我也都有過，我曾經也總在想，如果徐先生看到我現在的樣子，也會覺得還喜歡我的，我摘了眼鏡，換了穿衣風格，性格也變好了，他應該沒理由不喜歡我了啊。

後來把那段話發在社群網站上，下面很多人留言說——人的出場順序真的很重要，陪你酩酊大醉的人注定沒辦法送你回家。

是啊，我們都忘了，錯過了就是過錯，也許他從一開始就不是那個能送你回家的人啊。

記得在高中的時候，每週一早上升旗，訓導主任都會在臺上一直叨叨說半個小時校園戀愛的問題，說來說去無非就是——你們現在談的戀愛都沒用，除了會影響你們讀書，不會有任何作用，別天真地妄想能走到最後。

這種話班導師也會在每週的班會上反反覆覆說幾百遍，我相信沒有一個人真的聽進去了，因為我們都不信啊，那時候我們都寧願相信那所謂的男朋友的鬼話，也不信訓導主任和班導師的苦口婆心啊。

而現在，過去了四五年，終於懂了當年老師們的話，再回頭去看那些年我們口中偉大的感情，實際上是很不堪一擊的。別說一輩子，多少人高中一畢業說散就散了。

我剛上大學那兩年，朋友圈裡分手的人遍地都是，每次節慶假日和閨密湊到一起，談論的話題永遠都是那誰和那誰分手了，倒不是閒得八卦，而是那些人都是我們身邊鮮活又血淋淋的例子啊。

到現在我朋友圈中在高中時期就在一起的情侶就只有一對，其他那些說好要在一起一輩子的人，早就各奔天涯了，身邊的人不知換了多少。

這些都不是因為不夠相愛，高中時期的愛情是最純真的。只是因為那時的我們不懂愛，不知道要如何去愛對方，說白了跟人沒關係，錯的是時間啊。甚至有的時候我會覺得，身邊的那些高中時就在一起了的情侶，如果換個時間再晚幾年相遇，也許就能相攜一生了。就像前面那句話一樣，「人的出場順序很重要，陪你酩酊大醉的人，注定沒辦法送你回家」。

之前有個朋友講了這樣一個故事給我聽，他剛畢業的時候認識了一個女生，兩個人很相愛，去大城市的他很愛玩，深夜泡酒吧和各種女生曖昧成了他的習慣。

後來他女朋友無法忍受，離開他了。

那時候他每天晚上都會留言給我，斷斷續續地和我說了很多，說他後來也遇到了很多女生，但再也沒遇到像他前女友一樣對他那麼好的女生了。他說他厭倦了那樣的生活，再也不去酒吧了，可是，真的找不回當初的那個女生了。

是啊，我們在二十歲的時候，說愛很容易，因為我們就活在當下，我們貪婪地享受著燈紅酒綠，在和別人曖昧成癮的時候，忘了還有人在等你回家。可是等到快三十歲，想安穩的時候，才發現想要的不是那個陪你酩酊大醉的人，而是那個能送你回家的人。

我們總是在錯的時間遇到對的人，在對的時間遇到錯的人。

想喝個酩酊大醉的時候，卻遇到了那個想要送你回家的人；

想要有人送你回家，極度缺乏安全感時，卻遇到了那個想拉著你醉生夢死的人。

我看過很多評論電影《北京遇上西雅圖》的文章，大家都在試圖討論，如果文佳佳先遇見Frank，再遇見老鐘，結局還會一樣嗎？

可能會不一樣吧，但這就是人生啊，改變不了的。就算先遇到了Frank，但也可能在遇到Frank之前還會遇到其他人。

阿倉總是問我：「如果命中注定會在一起的人，是不是怎樣都不會分開？」

我也總是說：「不一定，分開兩個人的因素有很多，也許會被分開，就是因為不是命中注定吧，所以這很矛盾啊。」

我們總是被告知，有些人出現在你的生命中，他只是剛好想陪你走一程，他從一開始就沒說要陪你走到終點，所以他在中途下車時，你也別惋惜。

如果非要怪誰，只能怪一開始相遇的時間不對，如果他是搭乘你那輛列車的最後一個人，那麼他肯定會陪你走到終點的。但其實，愛情真的是有時間性的，太早或是太晚都是不行的。

所以啊，有的時候，我就總是在想，如果再晚一分鐘，你是不是就是那個送我回家的人了，我們是不是就能在一起一輩子了。

遺憾的是，
你沒那麼喜歡我

你說：「遠距離很難熬。」
我說：「沒關係。」
你說：「算了，我們還是分手吧。」
我說：「嗯，我等你。」
不是真的灑脫到可以雲淡風輕地說，我等你，而是真的不想為難你。你喜歡你自己大於你喜歡我，而我喜歡你大於喜歡我自己。
大概這就是所有遠距離戀愛會分手的原因吧，可是有些人還沒開始談遠距離戀愛，有的人就放棄了。
米蘭・昆德拉在《生命中不能承受之輕》裡說：「從現在起，我開始謹慎地選擇我的生活，我不再輕易讓自己迷失在各種誘惑裡。我心中已經聽到來自遠方的呼喚，再不需要回過頭去關心身後的種種是非與議論。我已無暇顧及過去，我要向前走。」
我想在說出這樣的話之前，一定被生活狠狠地打擊過，或是曾迷失在某個人的生活之中。

東哥是婉兒的前男友，他們兩個人在大三的時候認識，東哥比婉兒大一級，人長得很帥，婉兒總喜歡叫東哥學長。

一開始是東哥先追婉兒，說是追也不算，只是很巧合，東哥出現的時候，正好是婉兒的失戀期。婉兒長得很漂亮，是那種隨便在某個聚會上做個自我介紹就會有一堆男生跑過來要連絡方式的女孩，所以東哥自然而然地成了婉兒的追求者。

東哥和婉兒剛認識沒幾天，東哥就開啟了狂追模式。

那時候，我們每天早上七點鐘上課，東哥會在每天早上六點四十準時出現在我們寢室樓下，一手提著婉兒最愛吃的湯包，一手提著豆漿，一會兒低頭看看手上的手錶，一會兒抬頭往寢室大門的方向望去，只要婉兒一出現，東哥就會立刻跑上前，不慌不忙地把早已準備好的早餐遞到婉兒手上，然後又兩隻手接過婉兒手中的課本，婉兒簡直就像娘娘微服出宮一樣，東哥把婉兒送到教室後又一個人跑回寢室睡回籠覺。

東哥對婉兒的追求可不止那麼一兩天，光是每天早上送早餐給婉兒的日子，就持續了兩個多月。之後婉兒漸漸地和東哥關係近了些，她難過的時候，他可以陪她出去喝酒，週末的時候，東哥會帶婉兒出去玩，她整個人也變得開朗起來，沒有再繼續沉浸在失戀的痛苦中。

後來的某天晚上，東哥向婉兒表白了，在我們學校的操場上，東哥擺滿了蠟燭和玫瑰花，吸引了很多路過的同學前來圍觀。

東哥當著所有同學的面，對婉兒說：「我想和你在一起，一輩子的那種。」

婉兒感動地哭了，周圍的人都起哄要婉兒答應東哥，和他在一起。

但婉兒執意說：「你給我兩天時間，讓我考慮一下，好嗎？」

東哥同意了。

後來回到寢室，婉兒問我：「你說，我要答應他嗎？我要和他在一起嗎？」

我一邊敲著鍵盤一邊說：「這得問你自己啦，不過我覺得他好像是真的很喜歡你。」婉兒害羞地笑了。

那天晚上，婉兒想了很久很久，最後決定給東哥一次機會。雖然婉兒嘴上說兩個人先試一試，看看在一起合不合適，但我知道，婉兒心裡是很想和東哥走到最後的。

可是好景不長，他們在一起後的第二個月，東哥拿到了哥倫比亞大學的錄取通知書。

兩個人在東哥去美國前，度過了一個很美好的暑假，那段時間，他們誰都沒有提以後，只是盡情地玩樂，似乎都忘了即將到來的分別。

後來東哥真的要走了，婉兒去送機的時候，東哥對婉兒說：「我馬上就要飛去美國了，我們還是分開吧，我不能在你身邊照顧你，所以我給不了你安全感，對不起。」

婉兒一字一句堅定地告訴東哥：「我可以接受遠距離啊，我也可以一個人照顧好自己，我想和你繼續在一起。」

東哥還是堅持說：「我們還是分開吧，你需要有一個人在你身邊照顧你，遠距離戀愛很難熬的。」

婉兒緊緊地抱住東哥說：「我等你回來。」

東哥轉身去了安檢口，婉兒一個人在機場哭得天昏地暗。

可是沒過幾天，東哥就在社群網站上發了一張自己和一個陌生女生的合照，配了這樣一句話：兜兜轉轉之後，我們還是在一起了。之後，我才知道那張照片中的女生是東哥的前女友，之前兩個人分開是因為女生先申請到了哥倫比亞大學的名額，所以兩個人迫不得已分開。

而東哥那麼熱情地追婉兒，是因為他的導師告訴他，他申請的哥倫比亞大學的名額好像過不了，然後東哥頹廢了好久之後決定重新開始。

可是當後來導師又告訴他，哥倫比亞大學的申請通過了，東哥就決定去美國和前女友重新開始了，而這一切婉兒都不知道。

當婉兒看到東哥的那張照片後，整個人都崩潰了，婉兒把手機關機了，自己躲在寢室裡，一週沒有出門，不吃飯，不說話，臉上沒有任何表情。紅腫的眼睛在她那蒼白的臉上格外刺眼，任憑我們怎麼安慰她，都無濟於事。

一週之後，婉兒漸漸地回歸了平靜，開始和我們一起吃飯上課，只是我再也不敢在她面前提起東哥，我怕一個不小心，戳痛了她。

有一天，我和婉兒在咖啡館閒聊時，婉兒和我說：「其實，我很早就猜到了他有一個前女友，因為他沒事的時候總是會一個人看美國的地圖，他的通訊 APP 上也一直有著一個沒有標註名字的好友，他以為我不知道，以為我沒看到，其實是我沒告訴他，我知道。」

婉兒和我說那些話的時候，語氣平靜，我知道她是真的很喜歡東哥，所以才不忍心去拆穿他的謊言，心甘情願地被埋在鼓裡，又迫切地希望自己那一瞬間的直覺是錯誤的，希望這個男生真的能像她看到的那樣，真誠地愛著她。

我安慰她說：「也許不是這樣的，他可能是真的不喜歡遠距離戀愛，他應該是一個很沒有安全感的人，只是想找一個一直都能陪在他身邊的人。」

婉兒看著窗外熙熙攘攘的人群，對我說：「他不是不喜歡遠距離，他只是沒那麼喜歡我，前女友對他來說更重要吧，不然他也不會拚命努力去美國，如果只是想找個陪伴，他完全可以留下來和我在一起，但是他沒有。」

我沒再說話。

可能東哥曾經也是真心地喜歡過婉兒吧，只是還是沒能抵住前女友的強大，在面臨二者擇其一的時候，他還是選擇了最愛的那一個，這大概就是他內心最真實的想法吧。

我們的一生都在經歷著愛與被愛，也都渴望著有那麼一個人，能來到我們的世界裡，把那個小小的自己收藏好，可是在辨別愛這個問題上，我們往往被感性沖昏了頭腦，以至於迷失了方向。

可是你終究要知道，他不是不喜歡遠距離戀愛，只是不喜歡你，而你也不是喜歡遠距離戀愛，只是你喜歡他。

與其兩個人都被這場戀愛折磨得狼狽不堪，倒不如學會放手，對至於不喜歡你的人，我們唯一能做的，就是放手讓他走。

曾經那麼好的兩個人，
怎麼就分開了呢？

趁著假期，我去阿倉家住了兩天，正巧趕上她中學舉辦九十周年校慶，我到她家的第一天，她就問我：「你覺得，我要不要去校慶啊？」

我回她：「看你怎麼想啦，覺得很想去就去，不想的話，就不去啊，這有什麼好糾結的啊？」

她很難過地在猶豫。

我知道她其實是想去的，她國中時成績不好，不討老師喜歡，在同學面前也沒面子，後來還因為考試成績不好，被迫去了一所不是很好的高中上學。

而現在的她，早已不是當年老師同學眼裡的渣渣了，她考大學的時候以他們學校社會組第一名的身分去了傳播科系的第一志願。

上了大學後的她也變得漂亮了很多，現在又開始做自媒體，寫得一手好文章，每個月的稿費比當年那些同學每個月父母給的生活費還要多，顯然她早已經遠遠地把那些曾經看不起她的人甩在了身後。

所以她應該是開心的，想去的，畢竟以她這樣的成績出現在老同學和以前的老師面前，是風光的。

但我也知道，她內心是不敢去的，她害怕見到曾經很喜歡的那個人，她不敢想像，再見面時會是怎樣的心情，又該用什麼樣的姿態站在那個人面前。

我能懂那種感覺，就像是我曾經很不堪的樣子，長相普通成績不好，被淹沒在烏泱泱的人堆裡很難被發現。而經歷歲月的洗禮後，我變得優秀，我變得閃閃發光，我變得可以讓別人一眼從人群裡發現我，可是，要我站在你面前，我還是沒有勇氣。

直到校慶前一天的晚上，阿倉躺在床上和我聊到了凌晨三點多，她和我說的最多的一句話就是：「你說，曾經那麼要好的兩個人，怎麼就分開了呢？」

是啊，他們兩個人是真的要好。我在阿倉家的時候，她給我看過那個男生在國中時寫給她的信，厚厚的一本筆記本，被那個男生寫滿了很多文藝矯情但讀起來又很可愛的話。

我沒有翻完那本筆記本，但單從我看的那幾頁中就可以看得出，那個男生是真的很喜歡阿倉，十幾歲的他已經想好了未來幾十年後他們兩個人的樣子。

不是都說，要想證明一個人愛不愛你，你要先知道，他有沒有把你列入他的未來？很顯然那個男生做好了和阿倉過一輩子的打算。只是後來太多的理由讓兩個人不得已分開。

第二天早上，阿倉醒得比以往早，她換好了衣服跟我說：「我還是決定去看一眼我的青春。」

我陪她去了，只是時間有點晚，我們到的時候，大家都散了，阿倉還是拉著我繞學校走了一圈，拍了幾張照片，她沒遇見那個男生，轉頭跟我說：「嗯，算是來過了，也不遺憾了。」

下午我們回程坐車的時候，她滑手機看到了以前的同學發了那個男生的照片，她把手機遞到我眼前說：「你看啊，就是他，曾經和我那麼要好，他現在的樣子我已經有些快認不出來了。」

我轉頭從她的眼睛裡看到了她眼神裡少有的遺憾。

這是真的，讓我難過的不是我們如今視若路人的陌生，而是我們曾經真的要好。就像蕭亞軒在歌裡唱的：「我們變成了世上，最熟悉的陌生人，今後各自曲折，各自悲哀。」

我也曾經問過朋友，分手後最難過的是什麼，得到的答案大都是和阿倉說的一樣：「曾經那麼要好的兩個人，怎麼就分開了呢？」

後來我在社群網站上發了這樣一則內容：「那些你以為永遠都不會分手的戀愛，最後怎麼就分手了呢？」我截了九張文字圖片，被裡面很多話戳到了。

「我們一起經歷過車禍，一衝動飛過半個地球，只為見對方一面，五年，從青澀變成熟，我們的感情從柔弱變堅韌，可是我們還是分手了。」

「每次走在人群中他都會用雙手保護我，怕別人擠到我，因為我是路痴，不管多忙都陪我一起去。告訴我提款卡的密碼，他說這樣方便我買買買，所有的朋友都介紹給我認識，所有的溫柔都給了我，可是我們還是分手了。」

是啊，我們一起經歷了那麼多，為什麼還是分手了？

很久以前朋友跟我說過，愛不愛，合不合適，在不在一起，是三件事。

以前我不信，總覺得相愛就可以在一起，無一例外，但現在才明白，有些感情沒有辦法去控制。有些人走著走著就散了，要一輩子都在一起很難很難，速食式的戀愛越來越普遍，好的時候覺得自己彷彿得到了全世界，不好的時候又彷彿要孤獨終老一輩子。

我們曾經那麼那麼好，吃飯的時候要並排坐，你左手用筷子，總會用右手緊緊地抓著我的左手，說怕我跑掉。下雨天路過積水多的路面，你害怕沾濕了我的鞋，小心翼翼地抱我過去。

而如今，我們在相反的路上越走越遠，身邊的人也換了很多，

那些你會把我感動落淚的瞬間，如今你也會在另一個女生面前表演。

好難過啊，我們一起吃過了很多頓飯，看過了很多場電影，最後還是分開了，可是又能怎樣呢？

沒辦法在一起的人，只能笑著說再見，祝我們都好。

想你是眞的，
失望也是眞的

有時候真的會覺得，你就像是我永遠都邁不過去的一個坎，
我總是下意識地想要看看你的近況，想知道你過得好不好，
和她在一起開不開心，可是卻連一句問候都不敢說。

就像是在街上看到一個相似的背影，想馬上衝上前看看是不是你，
害怕是你，又害怕不是你，總是這樣想你想到哭，想忘了你，卻更想念你。

前幾天又下意識地點進了你的社群網站，你很少發文，我卻看到了你前幾天更新的一則近況，內容大概是這樣的：「兩年了，和你在一起距離從來都不是問題，願與你安好，一直到老。」然後@她，並配了兩個人的幾張合照。

看到那則近況的時候，已經是凌晨一點多了，我又盯著手機螢幕發呆了半天。突然覺得你好像就從來沒有真正喜歡過我，我們兩個人在一起的時候，從我們學校到你們學校，坐公車最快也要兩個小時，你總是嫌這段距離很遠，不肯來找我。而我大概算了算從你們學校到她學校坐公車最快也要將近三個小時，可是我想，你既然能說距離不是問題，就一定會每個節慶假日都去找她吧。

其實我已經不會再去追究你到底有沒有喜歡過我這個問題了，因為已經毫無意義，喜歡過又怎樣，沒喜歡過又能怎樣，你現在還不是好好地喜歡著別人呢！

剛想到這裡，收到羞羞發給我一則訊息，點開後，看到她說：「如果有人再問我，『我們從未在一起過』和『我們最後沒有在一起』哪個更難過，我肯定會毫不猶豫地告訴他，『我們最後沒有在一起』更難過。」

看著螢幕上的那則訊息，開始心疼這個只比我小幾個月的女孩。

羞羞是我大三的時候在學校裡認識的一個好朋友。

其實我很少去主動認識別人，因為我性格慢熱，當然對羞羞也沒有例外，是她先和我搭訕的。

大三上學期的時候，我在學校的自媒體工作室擔任主編，那時候我們正在招募小編，羞羞去面試了，她被錄用後，負責人就要她來找我，詳細瞭解我們團隊的工作內容，於是她很快就加了我的聯繫方式。

她真的是一個很有心的女孩，她第一次跟我聊天的時候，我正在外面和朋友討論著一項學校活動的宣傳內容，看到她在通訊軟體上傳來的訊息，我只是很禮貌地回覆了她，並沒有太認真和她聊下去。

後來這個女生竟然把我社群網站翻了個遍，然後留言給我這樣一句話：有點讓人心疼的女孩。

那天其實很晚了，羞羞發訊息給我，說想見面和我聊聊關於經營的內容，通常情況下我會因為時間太晚而拒絕她，但那天我卻因為她留言給我的那幾個字有些感動，於是答應了和她見面。

我們兩個人在學校裡碰了面，我跟她大致說了一下編輯的日常工作內容，然後她就興致勃勃地問起我的感情史，我也不知道怎麼就突然提起了興致，莫名其妙地跟她囉嗦了一大堆。

後來我才知道，這麼暖的一個女生，竟然從來沒有談過戀愛，而且還長得很漂亮。說來也奇怪，自從羞羞遇見我之後，追她的男生真的是要排隊的。

那年冬天，我偶爾和羞羞一起出去吃飯，總是會聽她說，今天哪個男生又追她了，昨天某某男生買了一條圍巾送她被她拒收了。

大概從冬天又到第二年夏天，追羞羞的男生有十多個，可是她一個都沒答應。我總是問她，那麼多追你的男生，肯定不乏優秀的，你為什麼不同意啊？她也總是說，感覺不對，沒有一個讓她特別喜歡的。

後來，在我進入大四那年暑假，我在上考研究所的補習課，手機突然震了一下，拿起來看到是羞羞發來的消息。

她說：「我好像是談戀愛了。」

我回了她一句：「什麼叫好像是談戀愛了呀？」

她說：「我也說不清楚，等你回來我跟你說。」

那天晚上躺在床上，羞羞就跟我說了她和那個男生的故事。

她說：「我和他認識也沒多久，我和他還有一些共同的朋友經常在一起玩，然後慢慢就熟了，我很喜歡他養的那條阿拉斯加犬，超級可愛的。」

「哎哎哎，你到底是喜歡人家啊還是喜歡人家的狗啊？」我打斷羞羞說。

「我好像也不是非常喜歡他，但他很喜歡我，我也不討厭他，所以這一次我想試一試。」她嬌羞地看著我說。

「那很好啊，你都這麼大了，再不談戀愛確實說不過去了。」我儼然一副談過很多戀愛的樣子。

可是後來沒過多久，我就聽到羞羞跟我抱怨，她說：「談戀愛一點都不好，誰說談戀愛好的，談個戀愛怎麼這麼多事，煩死了。」

我問她：「怎麼了，誰惹你了？」

「還能有誰，他兩三天沒跟我聊天傳訊息了。」她氣得把手機扔到了一旁。

「我還以為什麼事呢，不就沒說話嗎，你跟他說不就好了嗎？」

「哎，就是覺得很煩，談戀愛一點都不好。」

又過了幾天後，羞羞跟我說：「他奶奶去世了，所以這幾天一直沒回我消息。」

我說：「那沒事啊，你多安慰安慰他，過一段時間就好了。」

過了好多天，那個男生也沒有主動找羞羞聊天，兩個人幾乎是不說話的狀態，最後搞得羞羞也不知道該和他說些什麼了。

直到八月底開學時，羞羞和他說，有些話想當面談談，能不能見一面。

本來那個男生也答應羞羞見一面好好談談的，可是還沒到見面的時間，他就發訊息給羞羞說：「我們分手吧，還是不要見面了，我奶奶去世對我爸爸打擊很大，那幾天我發現他老了很多，我看著覺得很難過，可能不會繼續上學了，我想回家幫他打理家裡的工廠，對不起了。」

當我看到羞羞給我發過來的聊天截圖時，很驚訝卻也有點意料之中。會驚訝是因為，我沒有辦法想像一個月前還對羞羞狂轟猛炸式追求的人怎麼瞬間轉變這麼快，意料之中是因為，當情侶之間，有一個人長時間不主動去找另一個人時，這段關係一定存在著很大的問題。

後來，我再次和羞羞吃飯聊天，她顯然和往常不一樣了，應該說是和談戀愛前不一樣了。她開始發表一些難過時的小情緒，再也不像之前她拒絕其他男生那樣酷酷的了，而我也開始有些心疼她。

她和我說：「一開始我也沒那麼喜歡他，但是久了之後就覺得，我好像越來越喜歡他了。我可以接受因為不喜歡而分開的理由，卻接受不了這樣因為喜歡還要分開的理由，我覺得很委屈。」

她說：「想他是真的，失望也是真的，我把最寶貴的初戀交給他，他也讓我失望得夠徹底。」

羞羞的話讓我想起了之前網路上很流行的一句話：「在戀愛關係中，大部分女生好像對於男友總是加分制，女生這個感性動物可以因為男生照顧體貼，甚至因為日久生情，喜歡的程度會與日俱增，而男生卻因為在兩人的相處中發現女生的缺點，甚至對於女生愛上他後產生的依賴而畏懼，於是男生在戀愛中通常是減分制的。」我想這段話用在大多數人身上都是行得通的。

再後來，那個男生沒有回家幫爸爸打理工廠，也沒有再找羞羞和好。兩個人從陌生人變成好朋友變成情侶又變成了陌生人，我不知道那個男生是不是真的有說不出來的苦衷，只是覺得他的所有表現都是因為不夠愛。

電影《春嬌與志明》中，余春嬌最後對張志明說：「我喜歡你，我真的很喜歡你，喜歡到我自己都好怕。張志明，你就當做好事也好，當放我一條生路也好，不要再來找我，真的不要再來了。我是很喜歡你，又怎麼樣呢？沒有用的嘛，我懂的，我真的懂的。」

其實好像愛情就是這個樣子，我想你是眞的，
我想和你在一起也是眞的，但你給的失望也是眞的。

這個世界上兩情相悅的機率太小，相愛難，相處難，更多的愛是分開後才明白，然而更多的時候，再來一次，也只是重蹈覆轍。

所以，當我前幾天看到你那則發文時，我沒有哭沒有鬧，只是一個人不開心了一會兒，我在想，要不然不要再寫你了，會不會這也是一種打擾，可是又想想，這是我對感情的一種記錄，明明就真實存在過呀，我應該給這份感情一個儀式，無論是開始還是結束，都應該特別一些。

風起的時候，我想鬆開手，讓那些喜歡、思念、疼痛，順著風的方向，飄到遠方，讓我和你說再見。

你等的那個人
不會來找你

你一定有過那種經歷，不斷地從口袋裡掏出手機，不停地盯著螢幕，看著螢幕上那個陌生而又熟悉的名字，他的資料和社群帳號已經被你翻了無數遍，你幾次點開對話方塊，絞盡腦汁想出了一個可以寒暄的理由，快速地打下那幾個字，猶豫了一會兒，又刪掉換成了一句「在嗎」，在按下最後的發送鍵時，你還是快速地刪掉了那兩個字，關掉對話方塊，繼續等著，等他先來找你，即便你知道，他根本就不會再找你了。

我是一個非常不喜歡冷戰的人，我最討厭的一種交流方式就是兩個人各懷心事卻都不肯先和對方說話，其實這也算不上是一種交流方式，因為兩個人根本就沒有交流。

可是我卻經常和別人冷戰，不過向來都是我先打破僵局，因為那種想找他說話又放不下面子的感覺真的很難受，你一定也深有體會吧。

但話又說回來了，很多時候我們都忘了，也許只是你以為的各懷心事，不肯主動開口，其實也只是你一個人懷有心事罷了，而人家壓根就沒把你當回事。

我和前任談戀愛的時候，但凡是冷戰，我永遠都不會讓這種狀態持續到第五天，我幾乎總是在第四天的時候先開口。其實我從來都沒有刻意地去計算時間，但又總是有那麼一個規律，大概就是生他氣的時間永遠都不會超過五天。

每次吵架冷戰，第一天的時候我總是很生氣，第二天還是有點生氣，然後心想等他先來跟我道歉。第三天就開始很煎熬，為什麼他還不來找我，第四天的時候就會忍不住去問他在幹嘛，自然忘了自己還在生著氣，這或許就是因為太喜歡了吧。

可正是因為這樣，他變得越來越不在乎，因為他知道，吵架不出五天，我自然會去找他，所以每當我夜裡抱著手機傻傻等他發訊息給我的時候，他大概都在那邊打《英雄聯盟》打得正高興呢。

我曾經收到這樣一則留言，是一個女生問我的，她說：「貓，你說，很想念一個人該不該主動去聯繫他呢？」

我回她說：「反正年輕，想做什麼就去做什麼啊，只要你覺得值得就行。」

可是那個女生卻告訴我一段很悲傷的故事，她的網路暱稱叫沐沐，暫且喊她沐小姐。

沐小姐和她男朋友在高中的時候就在一起了，然後大學四年一直都是遠距離戀愛，雖然說現在高鐵和飛機都很方便，但大學四年眼看就要結束了，男生從來沒有來找過沐小姐，相反地，沐小姐去找他的次數真是數都數不清，光是飛機票和高鐵票就厚厚的兩疊。

聽到這，我問她：「這四年裡你去找他的機票和高鐵票也幾萬了吧，你還在上學，怎麼負擔得起昂貴的機票呢，他幫你付嗎？」

沐小姐說：「其實我花錢很節省，平時在學校裡一天就吃一頓飯，而且我週末沒事的時候都會去打工，我打好多工呢，餐廳服務生、家教、發傳單……我每次見他之前都會存一些錢，一方面負擔交通費，一方面買一些小禮物送他，我喜歡為他準備各種各樣的小驚喜。」

隔著螢幕聽完沐小姐的這一番話，有一些心酸，又有一些自豪。心酸的是沐小姐可以為她男朋友做那麼多，又毫無怨言。自豪的是，我能想像，她說這些話時眼睛裡肯定泛著光，那種閃閃愛人的光。

後來沐小姐又說：「其實我和他已經分手兩個月了。」

我好奇地問沐小姐：「你們為什麼會分手啊，你對他這麼好。」

「可能就是因為我對他太好了吧，所以他才不喜歡我了。」我聽得出沐小姐話裡滿是無奈的語氣。

原來就在兩個月前，男孩過生日的時候，沐小姐提前和男孩說，學校有事不能過去陪男孩過生日了，其實沐小姐只是想給他一個驚喜，所以騙他說去不了。

男孩生日的那天，沐小姐很早去搭飛機，又坐了好久的車到了男孩的學校。男孩之前和沐小姐說，他在圖書館裡讀書。可是沐小姐去了男孩經常去唸書的圖書館，並沒有看到男孩。沐小姐打電話給男孩，電話裡傳來的是「您撥打的電話已關機」。

沐小姐打了一個小時的電話都是關機，她開始擔心男孩是不是出什麼事了，最後好不容易找到了男孩的室友，室友告訴沐小姐，男孩一大早就和他們系上的一個女生出去了。

沐小姐不相信男孩騙她，結果就傻傻地在宿舍樓下等了一整天，直到晚上十點多，看見他抱著一個女孩，兩個人有說有笑地往回走，沐小姐沒有衝上前問個明白，一個人轉身朝反方向走了。

她訂了當天晚上的機票，臨走前發了訊息給男孩，她說：「我累了，我們分手吧。」

男孩只回了一個字：「好。」

沐小姐問我：「你說，他是不是等我這句分手等了好久啊？」

我不知道該怎麼回答，心裡想著，大概是吧，對於沐小姐來說，那個男孩就是她的全世界，而對於那個男孩來說，他的世界裡從來就沒有過沐小姐。

最後我只回覆了沐小姐五個字：「不要找他了。」

在很想念一個人的時候，到底要不要主動找他呢？如果真的很喜歡一個人，也是真的很想念他，那你就去聯繫啊，在乎什麼面子啊，反正這輩子丟臉都丟在他面前了，怕什麼呢。

但是如果你真的猶豫了，那我勸你還是忍住，不要和他聯繫了，只要會猶豫，都是因為他不值得你這麼做，不要覺得忍住不聯繫他這件事有多難，當你一個人熬過來的時候，你就會發現自己也可以這麼酷。

你要記住，那個已經不在乎你的人，無論你怎樣等待，無論你發了多少寒暄的訊息給他，都是沒用的，即便你傾盡所有，他仍舊不會為之動容。

我知道很多人喜歡晚睡，其實並不是有多喜歡黑夜，只是想等那個人來找你，只是你覺得那個人會來找你，而實際上卻是，即便你深夜不捨得關機，即便你把手機聲音調到最大——

你仍舊收不到他的消息。

我曾幻想過很多次，有一天他會突然給我打來一個電話，或是傳來一則訊息，正因如此，我特意把他在我手機通訊錄裡的名字改成了「一個陌生人」，然後很酷地想像著，如果有一天他打來了電話，我一定要很灑脫地不接那個電話，這個樣子真的很酷。

可是呢，我想如果真的有一天他打來了電話，只要我看到了，我還是會在第一時間接起那個電話，哪怕一句話也不說，只是單純聽聽他的聲音就好。

不是放不下，只是曾經念念不忘，再次提起時，還是想知道他如今的樣子。

五月天在〈溫柔〉裡唱：「沒關係，你的世界就讓你擁有，不打擾是我的溫柔。」我想這首歌就很好地詮釋了該如何對待一段破裂的感情，他在沒有你的世界裡，活得有滋有味，甚至都不會有那樣一個夜晚突然想起你，早已習慣生活中不再有你，所以我們能做的，只有不打擾。

很多時候我們都忘了，對一個人好的前提是對自己好，得到愛的前提也是要足夠愛自己。當那個人不再愛你的時候，不要再去打擾他了，也別在深夜的時候抱著手機等他傳訊息給你。

不愛你就是不愛你了，你做再多都沒用，
我知道要我們去接受不被愛的真相很痛苦，

但別害怕，時間會幫你療傷，你終究會走出那份愛而不得的感情。

那個對的人在等著你呢。

所以啊，天黑了，就早點睡吧，別等他了，你若是有勇氣就不顧一切地去找他，若是沒那個勇氣，就好好放過自己吧。

你要知道，想你的人，自然會來找你的。

有些人
注定不能在一起

我在網路上看到了一篇討論文章，說的是大學考試分數相差一分到底會怎樣，在討論區裡我看到了一個讓我有些淚眼模糊的故事，一個關於大學考試、關於十七歲的故事。

樓主說他二〇一六年參加大學考試，和他女朋友的分數差了兩分，他們兩個人的名次相差了三百三十三名，也就是說，一分相差了一百六十六個人。

報志願的時候，他們兩個人報了一模一樣的志願，他們覺得自己的分數十拿九穩，然後想像著彼此的大學生活。很快，錄取結果下來了，他女朋友的分數高於標準分一分，被錄取了，而他低於標準分一分，被第二志願的學校錄取了。

高三上課的時候，老師會跟我們說，一分超過千人，現在想告訴你，這是不對的，一分只相差一百六十六個人，是一千九百公里的距離，是五千塊的機票，三小時的飛行時間，四年的思念和一輩子的遺憾。看完這個故事，我默默地把它轉發到社群網站上，在心裡想，真希望他們兩個人最後在一起。

那天直到凌晨兩點多，我也沒睡著，後來突然看到樹樹在社群網站上發了這樣一段話：「我生命中的溫暖就那麼多，我全部都給了你，可是你還是離開了我，你叫我以後怎麼對別人笑呢。」

我知道，樹樹肯定是又想起了她那個初戀，認識五年的前男友。

於是我在她那則發文下面試圖留言安慰她：「都過去這麼久了，你怎麼還在想著他呢？」很快樹樹就回覆了我，她說：「我也不知道啊，大概年少時喜歡上的人，是真的很難忘記吧。」

我沒有繼續在底下回覆樹樹，而是直接私訊她，我問她：「既然你還那麼喜歡他，就真的不打算再給他一次機會了嗎？」

樹樹跟我說：「喜歡歸喜歡，但我不想重蹈覆轍。」

樹樹和我說這句話的時候，我又想起高中時的她，單純得像張白紙。

高二的時候，樹樹的成績很不好，每次考試發成績單時，總是要從後面找她的名字，但無奈的是，她喜歡上了一個成績在班級排名前五的男生蘇南。

樹樹對蘇南的喜歡很熱烈，她抱著一腔熱血變著花樣去追求蘇南，就算不過節，不是運動會，樹樹卻總能找到一堆理由送禮物給蘇南，又用盡了各種方式製造偶遇。

後來，理所當然地，樹樹跟蘇南表白了，可是沒想到，蘇南連考慮都不考慮，直接拒絕了樹樹，沒有理由。

樹樹不是一個好應付的女生，硬是拉著蘇南非要問出個所以然來：「你為什麼不喜歡我？」蘇南無奈地說：「高中談戀愛無非是玩玩，而我覺得談戀愛就要認真，我不喜歡用玩的態度去談戀愛，可是我們的成績差距實在太大，以後肯定不能去同一所大學，如果是這樣，還不如不要開始。」

蘇南這番話無疑是在告訴樹樹，我其實不討厭你，甚至還有點喜歡你，只是未來和現實讓我們沒有辦法在一起。

樹樹不是傻女生，她聽得出來蘇南對她還是有些好感，於是說：「那……如果我和你成績差不多，是不是就可以在一起了？」

「可以這麼解釋。」蘇南不帶任何情緒地說著。

樹樹一臉興奮地說：「你說的啊，如果這學期期末考試我們成績在班級裡相差五名之內，你就答應我，好不好？」

「好啊。」蘇南心想，反正這也是不可能做到的事，答應就答應吧。

剛和蘇南立下賭注後，樹樹就樂呵呵地跑來找我，我看她那一臉春色的樣子，忍不住問她：「怎麼啦，又有男孩子追你啦，快跟我說說，這次是哪個帥哥？」

樹樹白了我一眼說：「什麼帥哥，你怎麼就知道帥哥，我剛剛呢……和蘇南表白了。」

我兩個眼珠子瞪得溜圓，問樹樹：「我的天，看你這一臉笑意的樣子，是不是蘇南答應和你在一起了啊，太可怕了，他竟然也會談戀愛。」

樹樹害羞地說：「沒有啦，他還沒答應，不過呢，他馬上就會答應的。」

我拉住樹樹的手說：「什麼意思啊，你還跟我在這賣關子，你是不是給人家灌什麼迷魂藥了啊，什麼叫馬上就答應了，到底怎麼回事？」

樹樹一本正經地跟我說：「事情呢，是這個樣子的，我們約定好了，下次期末考試，如果我們兩個人的名次在班級裡相差五名之內，我們兩個人就在一起，哈哈哈。」

我抬手摸了摸樹樹的額頭：「沒發燒啊，你高興什麼，他成績那麼好，要跟他相差五名之內，回家再多學一年你也追不上他，有什麼好高興的，這和拒絕你沒什麼兩樣啊。」

樹樹很嚴肅地跟我說：「切，不要小瞧我，你就等著看吧，姐姐我要奮起了。」

果不其然，愛情的力量是可怕的。

從那之後樹樹就像變了個人似的，一頭鑽進了書本裡，再也不是那個每個週末纏著我，要我陪她逛街的樹樹了，就連去學校餐廳吃飯的時間她都用來讀書，我卻變成了她的外送專員。

看著樹樹那麼認真讀書的樣子，我才知道，她是真的很想和蘇南在一起。

期末考試如約而至，兩天的考試結束後，樹樹則顯得有些垂頭喪氣，我問她：「怎麼了，怎麼一副不開心的樣子啊，考得不好嗎？」

樹樹無精打采地和我說：「我也不知道，我只是很害怕考差，我從來都沒有這麼害怕過一件事，以前爸爸因為我考得不好對我發很大的脾氣我都不害怕，可是這一次是真的很害怕考不好。」

我把樹樹的腦袋攬在胸前說：「別想那麼多了，你不可能考差的，你那麼努力地用功了半個學期，付出總是有收穫的，別太擔心了，你一定可以的。」

後來成績出來了，蘇南發揮失常考了全班第四，而樹樹考了第十，就差一點點，樹樹倒在我懷裡哭得天昏地暗，我安慰她：「別哭了，就差一名，你去找他說說，你已經進步很大了，這是你從未有過的進步，如果他有一點喜歡你，就會答應和你在一起，畢竟你為了和他在一起做了這麼多的努力，他怎麼可能看不到呢？」

本來以為樹樹會答應我去找蘇南談談，沒想到她擦了擦臉上的淚水說：「算了，我自己立的賭注，願賭服輸。」

出乎意料的是，第二天早上，樹樹的課桌上突然多出來了一盒熱牛奶和兩個法式小麵包，還有一張字條，上面寫著：我們在一起吧。落款蘇南。

樹樹滿心歡喜地拿著那張紙條飛奔到我面前，高興地說：「我們在一起了，我們在一起了，他真的決定要和我在一起了。」看著樹樹那開心得要飛上天的樣子，我也開心地笑了。

樹樹和蘇南在一起了之後，她更加努力讀書了，我知道她不是因為別的原因，只是單純地想和蘇南考上同一所大學。

後來大學考試成績出來了，樹樹和蘇南的成績只相差兩分，樹樹如願以償地和蘇南去了同一所大學，他們兩個人的感情也越來越好了。

我以為故事到這就皆大歡喜了，可是沒想到，就在樹樹和蘇南即將大學畢業的時候，蘇南出軌了。

去年十月，樹樹應學校安排去實習，樹樹在外地待了兩個月，提早結束實習回學校找蘇南，沒想到卻撞到蘇南和另一個女生手牽手在學校裡散步，兩人有說有笑的，樹樹走上前和蘇南對視了一分鐘後，什麼都沒有說，就轉身走了。蘇南跑過去拉住樹樹，樹樹第一次狠狠地甩開了蘇南的手，頭也不回地走掉了。

從那之後樹樹就再也沒理過蘇南，無論蘇南怎樣解釋，樹樹總是看都不看直接刪掉訊息，這期間蘇南也找過我，想請我勸勸樹樹，說他還想繼續和樹樹在一起。

我幾乎是看著他們兩個人一路走過來的，知道他們兩個人能在一起真的很不容易，尤其還這麼久了，所以我也想試圖去勸勸樹樹，能不分手就不分手。

可是樹樹給我的答案卻是：「不可能再和好了，這不是出不出軌的問題啊，他們兩個人是手牽著手在散步啊，不是赤裸著身體相擁在一起啊，這是靈魂的背叛，不是肉體的背叛啊。我是還喜歡他，而且還很喜歡他，可是我接受不了這樣的背叛啊。」

聽完樹樹的話，我好像明白了許多，我沒有繼續勸她，畢竟她說的那些話讓我無力反駁，靈魂的背叛和肉體的背叛確實不是一碼事，就像喜歡和在一起是兩碼事一樣。

我有時候也會想，為什麼我不能和我喜歡的人在一起啊，為什麼我年少時喜歡的那個人，最後會走向別人呢，想著想著就會把自己惹哭了。

可是啊，好像愛而不得才是人生常態，這個城市每天都會有八百萬個故事在上演，我和他的故事也只是其中一個，渺小到看不到。

很久之後我們終究會明白，
他並不是我們要找的那朵花，
只是我們恰好途經了他的盛放。

我是眞的不想和你做朋友

我曾經在網路上看到一篇討論文章，說的是，分手後應該絕交嗎？在底下的討論當中我看到這樣一句話：「如果真愛過，分手後只能做仇人，別無選擇。」最後還加了一句，「不理解的，別急著爭辯，十年之後再來按讚。」

我看到這句話的時候，雖然不完全認同，卻在心裡默默地按了個讚，只是覺得，做仇人大可不必，大不了做陌生人嘛，但是朋友是肯定做不了的。因為我一直都堅信，只有沒真心愛過的人在分手後才可以做朋友，有的人從認識的那一刻就決定了身分，做得了情人，也做得了路人。

牙牙是我大學時的一個好朋友，她比我小一學年，但在處理感情問題上比我成熟多了。牙牙在大一的時候就認識了一個比她大三歲的學長，那時候學長剛申請到英國曼徹斯特大學的研究生名額，在學長出國前一個暑假，兩個人確立了戀愛關係。

他們確立關係後，牙牙第一個通知的人就是我。我仍舊記得，那天牙牙手捧一大束玫瑰花去我家敲門找我，開門看到她那一大束玫瑰花我都驚訝了，兩隻眼睛瞪得圓圓的，問她：「幹嘛呀這是，幾天不見，怎麼還跑來跟我告白呢，我可不彎啊，你離我遠點。」

牙牙給了我一個白眼說：「真是想得美，才不是給你的呢，這個是我們家學長剛剛跟我表白送的呢，好看吧。」

我開玩笑地說：「喲喲喲，跑我這來虐單身狗了呀，我告訴你，我現在受到了一千點的傷害，需要一頓豐盛的晚餐才能把我救活。」

「行行行，晚上帶你去吃大餐。」牙牙滿面春色地說。

那天晚上，我和牙牙一邊吃著飯一邊聊著她和學長的故事，我看得出來那時候的牙牙是真的很喜歡學長，因為她一說起學長，眼睛裡都透著溫柔，可愛極了。

後來啊，牙牙和學長在一起了兩年，還是分手了，分手的理由很奇葩，是學長不知道從哪弄來的一個所謂的女朋友，硬說牙牙是小三，說他們兩個人高中就在一起了，只是上了大學後兩個人一直是遠距離戀愛，而在這之前，牙牙全然不知學長竟然還有個女朋友。

牙牙氣急之下立刻和學長說了分手，沒給學長任何挽留的機會。

之後牙牙跟我說，現在這些男人啊，演技真是一流，真是渣到家了，都怪我太單純，一束玫瑰花就把自己賣了。

可是就在前不久，牙牙又拿著一束玫瑰花和一堆名牌口紅去敲我家的門，我看到這情景，又開玩笑地和她說：「怎麼著，又遇上帥哥表白了呀？」

牙牙沒說話，進門就把那一大束玫瑰花扔到茶几上，然後把那些沒開封的口紅塞到我懷裡，氣喘吁吁地說著：「你看看這些口紅，有沒有你喜歡的色號，有的話就留下來，沒有的話就丟了吧。」

我打趣地說著：「我的姐姐呀，你這是中彩券了嗎？一下子買這麼多名牌口紅？你要是買給我的，你先問一下我呀，省得買錯了浪費錢呀。」

牙牙氣不打一處來地說：「你真是想多了，你看我什麼時候買過這些口紅，我買它真是太閒了。」

「大姐，這帥哥是有多不討喜啊，你一個都不要，都給我？」我仔細打量著懷裡的這堆口紅。

牙牙又給了我一個白眼說：「這是他買的，你要不要，不要就都丟了。」

牙牙一張口說他，我就知道說的是學長。

我急忙把那堆口紅扔到茶几上，然後洗了一個蘋果遞到牙牙手裡，眼巴巴地托著下巴，做好了一副搬著小板凳嗑瓜子聽故事的樣子，問牙牙：「怎麼了，他想跟你和好嗎？他是不是後悔了，把他那小女友甩了回來找你了？哎，你快點跟我說說嘛。」

牙牙很大聲地跟我說：「不是！他才沒有想和我和好呢！」

「不想和好送這麼一堆東西幹嘛呀，有錢沒地方花嗎？」我有點生氣也有點不理解地看著牙牙。

牙牙這才說：「他就是個畜生，說畜生這個詞都便宜他了，他想跟我和好做朋友，他說我們兩個人有太多美好的記憶忘不掉，他不想失去我，所以想和我做朋友，你說我要是答應他了，是不是就是犯賤啊？」

我起身看了看茶几上的口紅和那一大束玫瑰花，說了句：「是，做朋友就是犯賤。」

牙牙態度立刻變了，說：「你怎麼能說我犯賤呢？你還是不是我閨密了！」

「我哪裡說你犯賤了，反正你也不想跟他做朋友，不是嗎？」我及時打了個圓場。

牙牙紅著眼說：「我的確跟他說得很清楚，我告訴他，我這輩子都不想再和他有任何關係。」

那天晚上，牙牙就住在我家，晚上我不經意間看到她那躺在桌子上的手機，螢幕亮著的時候正好停留在聊天列表，我看到學長仍舊是她唯一的置頂，即便後面的聊天時間顯示的還是兩個月前的日期。

我問牙牙：「你怎麼還把他置頂呀，看著多難過。」

牙牙跟我說：「我這是為了提醒自己，這輩子都不要去觸碰這個聊天視窗，不要犯賤。」

說完，牙牙把她和學長的對話方塊點開給我看，短短幾句話把我弄哭了。

牙牙對學長說：「我們以後都不要再聯繫了。」

學長說：「我不想和你變成路人。」

牙牙回他說：「你知道比變成路人更可怕的是什麼嗎？是慢慢變成路人。」

其實我知道牙牙心裡可能還有那麼一些沒放下，但她不再對這份感情抱有任何幻想，即便那個人對她再怎麼好，送她多昂貴的化妝品和包包，都不足以打動她。

曾經我會因為一朵玫瑰花高興一整天，是因為我喜歡你，而如今你抱著一大束玫瑰花站在我面前，我連多看你一眼都不想，不是因為我不喜歡你了，而是因為我太失望了。

曾經我會因為你的一句甜言蜜語開心得一整晚都睡不著覺，只是因為我喜歡你，而如今你傳來再多的道歉和再動聽的情話都沒用，我會看都不看開就直接刪掉你的訊息，只是因為你在我心裡早已沒那麼重要。

就像網路上很流行的那句話：「我是你花一顆糖就可以收買的女孩，也是你用十座金山也換不來的姑娘。」

很多時候感情就是這樣，一旦累積了夠多失望，你就別想讓我再回頭，
不是因為我害怕再一次受到傷害，而是我覺得自己瞎一次就夠了，
沒必要瞎第二次。

甜言蜜語也不是只有你會說，玫瑰花和口紅也不是只有你會送，我什麼都缺，但就不缺你這個朋友。

我不想跟你做朋友，不是因為你有多不好，而是我覺得沒你的日子我過得比之前好，我不想再和你有瓜葛。

我不想跟你做朋友，不是因為我有多小氣，而是我不能當曾經的傷害沒發生過，
不是你說和好就和好的，不是你說做朋友就做朋友的，
那些傷害確確實實讓我痛過，我都記得。

我不想跟你做朋友，不是因為耿耿於懷，在我內心深處早已經原諒你了，但這不意味著我會願意和你做朋友。

記得有一封出自莫高窟的唐朝離婚協議書上有這樣兩句話：「解怨釋結，更莫相憎。一別兩寬，各生歡喜。」我想連古人都明白，我們又何必死纏爛打呢，一別兩寬，各生歡喜，不是說說而已。

我知道你過得很好，所以我不想打擾你，只是想告訴你，我過得也很好，麻煩你也別來打擾我，我真的不缺你這個朋友。

請你過得好，
並讓我一無所知

凌晨兩點，我和朋友從後海酒吧走了出來，頭有點暈，但走路還算穩，當然我不是去買醉的，是被拉去參加朋友的生日宴。

我和朋友一起站在煙袋斜街的入口，分別叫了車，打算各自回家，好借著酒勁睡一覺。朋友叫的車先到了，我微紅著臉，送朋友上車，關上車門，朝她揮了揮手，大喊了一聲「晚安」。果真我是有點喝多了，不然一向沉悶不愛說話的我怎麼可能做出這麼丟人的事。

我轉身晃了晃身體，坐在路邊的臺階上等司機來接我，才發現在離我三公尺遠的地方有個男生在看我，但當我試圖和他對視時，他又假裝低頭玩手機。

我開始仔細打量他，總感覺他的舉止很熟悉，身上那件橘紅色的愛迪達運動外套也有些眼熟，髮型好像也和那個他很像，我的心跳突然開始加快，是他嗎？夜太黑了，又沒看到他的正臉，但周圍就好像出現了磁場一樣，有一種久違的熟悉感。

後來，車到了，我們倆竟共乘了同一輛車。他自然地打開副駕駛的車門，我也快速地上了車，我的心跳更快了，真的有可能是他，聽朋友的朋友說，他畢業後也來了同一個城市，雖說我不確定這消息是否屬實，但知道後的那一刻，一邊受著驚嚇感嘆著這孽緣，一邊幻想著有一天可以在擁擠的人流中相遇，和他說一句：「好久不見。」

計程車飛速地駛離後海，一路上我都不再敢抬頭，生怕他從後視鏡裡看到有些狼狽的我，畢竟他還沒見過我喝多的樣子，總不能讓他覺得，分開這幾年後我變得不安分。

在我住的那個社區附近，他下了車，我這才舒了口氣。抬頭透過車窗看看這凌晨兩點多的城市，看著他下車離去的背影，走路的姿勢和他像極了，我那顆不安的心仍舊亂跳著。

難道他真的也來這裡工作了嗎？可能是吧。但這個城市這麼大，又怎麼可能遇見？哎，我剛剛遇見的那個人一定不是他，丟了緣分的人是不會再見的，我一邊安慰著自己，一邊搭電梯上樓。

嗯，寫下這些文字的時候，已經是凌晨三點了，沖了個冷水澡從浴室走了出來，好像已經有些醒酒了，頭也沒那麼暈了，於是給自己沖了杯即溶咖啡，坐在桌子前，打開電腦，想從頭到尾梳理一遍，關於我們的故事。

十七歲那年，高中一年級，我遇見了他。他不愛笑，總喜歡穿一身紅色的球衣，第一次見他時，是在新生報到那天，他站在教室門口，手裡抱著一顆籃球，我盯著他看了好久，看他一邊用手擦了擦額頭上的汗水，一邊大口大口喝下旁邊男生遞給他的礦泉水，我心想，他打籃球的樣子一定很好看。

他坐在教室的最後一排，而我坐在教室的第一排，我下課的時候不愛出去，總喜歡趴在桌子上看著窗外，而他總是在老師還未說完「下課」兩個字時就已經衝到教室門口，在上課鈴聲響起的前一秒才跑進教室。我旁邊的那個走道是他回到座位的必經之路，他每次從我旁邊路過的時候，我都會假裝低下頭，不敢看他，直到他走過去，我才敢慢慢地抬頭看一眼他的背影，心想，真是鮮衣怒馬的少年啊。

一開始我不是很喜歡籃球這項運動，更是對什麼 NBA 無感，可是因為一次體育課，改變了我之前對於籃球的認知。

那時候，上體育課對我來說是逃離繁重功課的一種形式，體育課上我總喜歡一個人坐在操場旁的樹下，透過遠處的柵欄望著那條沒有盡頭的公路，臉上一副與這個世界格格不入的表情，像是一隻脫離了大雁群的幼雁，找不到任何歸屬感。

某天體育課時，我仍是一個人坐在樹下發呆，突然被好朋友拉去看班裡的男生打籃球，我極不合群地站到了一群歡呼雀躍的女生中間，在吵鬧聲中我抬起頭來掃了一眼籃球場上的少年，再一次看到了一身紅色球衣的他，那一瞬間我盯著紅色的球衣看了好久好久，看著他在賽場上奔跑跳躍，看著那一個一個三分球被他準確無誤地扔進球框，我不由地跟著旁邊的女生不間斷地喊著加油。

那節體育課結束之後，我開始期待下一次見他打籃球時的樣子，於是我陷入了一種很「可怕」的狀態裡。一到課間活動的時候，就會悄悄跟在他身後偷偷地跑去籃球場，躲在旁邊的布告欄後面遠遠地看著他打球，一到體育課，我就會拉著好朋友去福利社買兩瓶水，一瓶給打籃球的同桌，一瓶留給他，看他大口大口喝水的樣子，一種心滿意足的感覺油然而生。

他只知道我送過水給他，卻不知道我在課間活動的時候曾偷偷跟隨過他。

他不喜歡笑，很喜歡裝酷，所以在他面前的時候我也會表現得很酷，可總是掩飾不住那顆想要靠近他的心。他和班裡大多數男生一樣，不喜歡寫國文作業，身為國文課小老師的我總是拿他沒轍，天天在他屁股後面追著要作業，而他卻總是用他那壞壞的笑容收買我。

我第一次知道他的名字還是因為數學老師在課堂上的一次提問，聽著數學老師喊出「徐超」兩個字的時候，我隱約感覺到這個名字在未來某一天可能會和我有那麼一點點關係。他緩緩地站了起來，我回頭注視了他兩秒鐘。

原來真的是他，來不及思考地就在本子上本來要寫公式的位置寫下了他的名字，寫完後又對著那兩個字傻笑了好久，直到我被數學老師叫起來回答問題的那一刻才回過神來，可是我滿腦子裡都是「徐超」這兩個字，哪還記得那道應用題要用什麼公式啊，最後我被罰站了一節課。

那節課結束後，我沒有一絲絲不開心，而是滿心歡喜地盯著作業本上那兩個字看了好久，嘴裡唸著他的名字，真好聽啊。闔上作業本的時候超滿足地對同桌拋過去一個微笑，理所當然地同桌回應了我一個奇怪的表情，那種感覺真的很奇怪，就是他可能永遠都不會注意到你，但會因為偶然知道了一點點關於他的消息，哪怕出糗都是超開心的。

其實從小到大，我一直都是那種很乖很聽爸爸媽媽話的小女孩，也一直都知道高中不應該談戀愛，可是遇見他的那一刻，我就知道那份喜歡是我想要的。

上課寫化學方程式的時候會想到他，做物理試題的時候會想到他，背文言文的時候會想到他，默寫各種歷史戰役的時候還是會想到他……在做這些事情的時候，我總是在想，坐在教室最後一排的他是不是也在因為一個寫不出來的化學方程式發愁呢？我不會的申論題他一定會吧？我討厭的歷史默寫他是不是也很討厭呢？

大概就在那樣的狀態下，我帶著對他的那份小喜歡，遮遮藏藏地度過了高中的第一年，我第一次知道心動原來是這種感覺。

再後來，我從小心翼翼費盡心思地接近他，到成為他的同桌，我們的關係突然變得像是認識很久的老朋友了。

那時候我變得很愛讀書，總是會從物理練習冊上翻出一堆答錯的題目，然後趴在他的桌子上，請他教我。怎麼說呢，物理之於我，就像是五指山之於孫悟空，誰都救不了，它就像是一個我怎樣都躲不掉的劫數，可是那段時間，我會覺得物理題變得很可愛，當然它的可愛之處就是，我可以以它為由離他更近一些。

我們成為同桌後，我習慣了每天早上悄悄地坐在他旁邊，趴在桌子上眨著眼睛看他睡覺的樣子。白襯衫，短髮，乾淨的臉龐，與籃球場上大汗淋漓的少年相比，又是另一般模樣啊。原來這世界上真的有我想像中的那個男孩子啊，他睡覺的樣子怎麼能這麼可愛呢，我以後會不會和他在一起呢？

那之後的一切好像都順其自然了，我們在一起了。

感情裡有一種很微妙的感覺，就是當你慢慢去靠近你暗戀的那個人時，驚訝地發現原來那個人也有點喜歡你，然後那份有點喜歡變成眞的很喜歡。

你能體會那種感覺嗎？

就是那種宇宙爆炸之後，你心心念念地去尋找另一半碎片時，

突然發現原來他也在找你。

我和他便是這樣。

我對他的喜歡是費盡心思的，從一開始的靠近到後來的小禮物，每一個舉動都在無限放大著我對他的喜歡，而他對我的喜歡大概是循序漸進的，不擅表露感情的他一直都在用他自己的方式來愛我。

他能察覺到我的情緒變化，能及時對我做出回應，會一直告訴我有你真好；會在晚上十點多結束自習後，悄悄問我今天的物理考卷有沒有不會的；會堅持每天傳來晚安訊息；會在我生日的時候，提前好久精心策劃準備禮物，儘管那份禮物只有幾百塊錢。

長大後的我還是很喜歡在睡前和朋友聊天，對我說晚安的人換了一個又一個，每年生日時，也總是收到林林總總的禮物，幾百上千的都有。可我卻很想念十八歲那年的晚安和生日禮物。我想了很久，大概還是最想念少年時代你的樣子。

後來，我們上了大學。兩所學校的距離是三十三公里，對於那時的我們來說，那段距離真的很遠，坐公車要兩個小時，中間換乘兩次。我在上大學之前坐半小時的公車都會暈車，但因為總是跑去找他，我練就了「不暈車大法」，雖然沒什麼用，反正不討他歡喜。

剛上大學我就意識到我們的關係開始變淡了，於是我試圖在他那裡找存在感，可是我的話越來越多，他對我的厭倦也與日俱增。因為距離的原因，我變得敏感，原本他覺得有些神經質的女孩是可愛的，現在卻只覺得我很矯情。

我聽說「喜歡」就是「喜歡在一起」，相愛的人們吵了架，見一面就會和好，可是如果在一起都覺得厭煩，大概「喜歡」已經離我們很遠了。

上大學後，在一年半的時間裡，我大概去找過他十多次。

很多次都是在路上的時間多於見面的時間；很多次他都是讓我餓著肚子回學校的，或是在路邊攤隨便買點吃的給我，從來沒想過正經地帶我去吃一頓飯，哪怕只是他們學校餐廳也好；很多次都是我一個人坐車到他的學校，又一個人從他的學校坐車到車站再回我的學校；很多次和他一起走在他們學校附近的路上，看到熟人走過來他都要先走一步，只是不想公開我們兩個人的關係；很多次見他，我都要提前好幾週省吃儉用，只是想見他的時候多買點好吃的給他。

以前我以為這些他都不知道，後來才明白，不是他不知道，只是裝作不知道，他只是沒有那麼喜歡我了。

再後來，我們的分手也順其自然，他坦誠地向我承認沒有那麼喜歡我了，雖然我沒有很理智地接受，但也明白要向現實妥協。就像我總是擺出來安慰別人的那句話一樣，我是喜歡你啊，可是我也要臉啊。

現在想想，喜歡一個人怎麼可以卑微到那種樣子呢？
為他欺瞞不喜歡自己的事實，又不停尋找或許他還喜歡自己的蹤跡。

眞是太累了，那時的我，為什麼這樣樂此不疲呢？

有人和我說，如果你愛一個人三分，他就會愛你七分，你愛他五分，他就會愛你五分，你若愛他十分，那麼抱歉，他不愛你。不得不承認這句話完全符合我和徐先生的情況，我不知道有一天他會不會想起那些我曾經瘋狂去找他的日子。但記不記得重要嗎？不重要了。

好朋友後來安慰我說，如果一個人對你的方式和你對他的方式相差太大的話，那麼他一定不怎麼愛你。

以前我不信，但現在我信了。

喜歡一個人是很明顯的，看著他的時候眼睛裡會有光，腳步永遠追逐著他的腳步。不喜歡一個人也是很明顯的，不願意聽你講話，不願意和你見面，不願意公開與你的關係。但是人都是有僥倖心理的，就像曾經的我明明看得很清楚，還是甘願欺騙自己。

其實很多時候我都會覺得，現在的生活才是一場夢，我總是會在夢裡夢到這樣的場景：我一覺醒來，我和他還坐在那堆滿厚厚的書的課桌前，我手裡拿著一張不及格的物理考卷，趴在桌子上看著那鮮紅的分數哭了起來，他在一旁說：「快點起來，我講解給你聽啦！別哭了，哭有什麼用啊，這又不是大學考試。」

生活的很多瞬間都會讓我想起一些和他在一起的片段，就像看到大海的時候，我就會想起你曾經在那海水剛能沒過腳的地方抱著我說：「我們一定要去同一所大學，即便不在同一所大學也一定會在同一座城市裡上學生活。」

只是啊，很久很久以後，那些被風吹散了的承諾我也只能記得一點了。

《大話西遊》裡紫霞仙子對著青霞說：「我的意中人是一個蓋世英雄，他會腳踏七彩祥雲來娶我。」這不是神經病，這是理想。

後來至尊寶真的踩著七彩祥雲來了，卻是為了救唐僧，並且向她告別。

我們沒有一起看過那部電影，但我每次一個人重溫的時候，總會想起他，他也曾經是我的蓋世英雄，我也曾盼望他能照亮我的整個世界，那年我們真要好，好像有和這個世界對抗的勇氣和永不分離的決心。

那種勇氣和決心，我現在都記得。

所以當他決定離開的時候，我是真的頹廢了很長一段時間，我很難想像沒有他的生活，也從未想過我們曾經說好的承諾，有朝一日都會飄散在風裡。

像電影《匆匆那年》●裡說的一樣，我相信他愛我的時候是真的愛我，也相信那些承諾說出口的時候他是真的相信自己可以做到，年輕的時候我們都愛說永遠，可是永遠太遠了，你做了逃兵，沒關係，我原諒你。

以後的眼淚我都自己擦了，我的世界也不用你來照亮了。
謝謝你來過，來過就夠了。

寫到這裡，天亮了，一切過往都隨著我在鍵盤前敲下的字翻篇了，至於幾個小時前在後海酒吧前遇見的那個人是不是他，都沒那麼重要了。

有人曾告訴過我，我們的人生就像是一條河流，人與人的交集就像是河流的交匯，你的河流和我的河流覆蓋在一起，我們便產生了交集，這個世界上與你擦肩而過的人，只是與你的河流相切，並未進入到你的河流裡，而那些進入你河流的人，你至少會遇見他兩次，因為兩個河流交匯，哪怕只是相交一瞬間，也有進去和出來，兩個交點。

所以，也許很多年之後，又或許是幾天之後，在這個偌大的城市中，會有人對我說那句，好久不見。

嗯，是啊，好久不見。

匆匆那年：二〇一四年大陸校園愛情電影，由彭于晏、倪妮主演，改編自知名作家九夜茴《匆匆那年》同名小說，台灣未上映。

關於「我想你」這種病

是啊，很多想念、喜歡、不喜歡，都是下意識的事，
就像那句話一樣：

「聽到一些事，明明不相干，卻還是會在心裡拐好幾個彎想到你。」

我們在同一個時區，
卻有著一輩子的時差

有一天我看到一個女生的社群帳號簡介上有這樣一句話：不回我訊息，還發了動態，那我們就互刪吧。

看到這句話時，我在想，這一定是一個很霸氣的女生，畢竟這樣的狠話我說不出來。

於是我就把這句話複製傳給阿雅，跟她說，這是我在一個女生的簡介看到的，你看看人家，多霸氣啊，再看看你，能不能有點出息。

會傳這句話給阿雅，是因為去年耶誕節我和阿雅吃過一次飯，而那頓飯吃得真是讓我印象深刻。

我和阿雅那天見面的時候是晚上六點多，吃完飯不到八點半，在這兩個多小時的時間裡，她有一個半小時都在看手機，毫不誇張地說她看手機的時間比吃飯的時間都多。

我這個人，是真的很討厭和別人吃飯的時候，對方在不停地玩手機，除非工作上迫不得已。

見阿雅一直在低著頭看手機，我忍不住問她：「哎，你手機裡是藏著什麼寶貝嗎？隔兩分鐘看一次。」

阿雅這才跟我說：「我最近喜歡上了一個男孩，我在和他聊天，但他回訊息很慢，差不多半個多小時回一句，所以我才不停看手機。」

我說：「半個多小時回一句，你還不停看手機，我還以為是秒回呢，他回得慢，那你也回他慢一點啊。」

阿雅喝了口芒果汁，很嚴肅地跟我說：「那怎麼行啊，我都是秒回他的，我知道等人訊息的痛苦，所以我才捨不得讓他等我的訊息。」

我嘆了口氣，但是沒說話，其實我心裡在想，那個男生肯定沒有在等她消息，回那麼慢不就說明不想和阿雅聊了嗎？說不定阿雅秒回他，都會讓他覺得很煩。

當時沒有和阿雅說我心裡想的那些話，是因為我曾經也和阿雅有一樣的看法，總覺得對待喜歡的人就是應該秒回的，因為捨不得讓他等啊。

但現在我卻想明白了，秒回的前提是那個人也喜歡你啊，他要是不喜歡你的話，你的秒回可能真的會讓他反感，你想的是捨不得讓他等你的訊息，而實際上他是巴不得你快別說話了。

後來阿雅看完我傳給她的那句話後，跟我說：「其實，我已經很久沒和他聯繫了，雖然在這段時間裡，有很多時候我還是會很想他，但我都勸自己忍住不要去找他，他要是喜歡我肯定會主動聯繫我的，如果我和他就這樣斷了聯繫，那麼我們可能真的不是同一個世界的人。」

阿雅說完那些話後，我立馬傳送了一個大大的讚給她，她終於想明白了。

其實反過來想想，我們是不是也有慢回甚至不回覆一個人的時候？想想自己為什麼不回覆，就知道他為什麼不回覆你了。

說到不是同一個世界的人的話題，我突然想到了之前在網路上看到糖糖發表了她和她遠距離男朋友的聊天截圖。

我還記得，那張截圖配的文字是：八小時的時差，我們要跑著追趕。

糖糖的男朋友在英國，他們兩個人之間永遠差著八個小時，每天晚上十一點多糖糖要睡了，她男朋友那邊正是下午，等早上糖糖起床了，她男朋友可能已經睡了。

那張聊天記錄的截圖時間是晚上十一點十一分，她男朋友發訊息給她說，你再等我五分鐘，我跑回宿舍。糖糖問他為什麼要跑回去，她男朋友說，我怕你著急啊，我想跟你聊天。

多麼暖心的對話，我只是想跟你說說話，至於時差這件事，我可以多跑幾步，那樣我就可以離你近一點，哪怕只是多說一句話，我也是開心的。

你看啊，真正愛你的人，是願意為了你去追趕時間的，而不是像那些不愛你的人講出的所謂的藉口，我有很多事情要忙，沒有時間打電話給你。你再忙再沒時間，你也有上廁所的時間吧，回個訊息真的就那麼占用你時間嗎？

糖糖前一段時間生病，要連續打一週的點滴，她男朋友知道了後，二話不說直接就訂了第二天回國的機票，糖糖跟他說：「學校裡的事那麼多你就別回來了，我自己一個人可以的。」

她男朋友卻說：「沒事，我不忙，最近都沒課了，不然你一個人又不好好吃飯，不好好打針了，生病了總得有人照顧你，不然要我這個男朋友有什麼用啊。」

糖糖跟我說的時候，我雖然猝不及防地被閃了好大一下，卻還是替她開心，糖糖說，她知道他學校裡肯定有很多事情要忙，只是他把那些事情都推了。

追時差算什麼，我愛你就是想告訴你，哪怕我離你十萬八千里，只要你有困難需要我，我可以立刻出現在你身邊。

其實你可以發現一個規律，當你喜歡一個人的時候，你的手機的電量總是幾乎滿格的，你們的聊天對話，幾乎都是你主動發過去的，他的每條訊息你都是秒回的，而如果他不夠喜歡你的話，你很難收到秒回的訊息。

你要知道，不喜歡你的人，即使你從不關機，手機電量總是滿格，他也不會主動打電話或是發訊息給你，他也永遠不會知道，你抱著手機在夜裡死死地撐著睏意等他消息時的樣子。

別傻了，如果一個人真的喜歡你，他會忍心讓你等著，他會忙到連個訊息都沒空回？

你要知道，想送你回家的人，東南西北都順路；願陪你吃飯的人，酸甜苦辣都愛吃；真心喜歡你的人，二十四小時都有空。

我們每個人都很忙，可是如果你連對自己喜歡的人，都騰不出一點時間，那你對不喜歡的人或是普通人又是怎樣的呢？

希望我們都能明白，每個人能付出的愛都是有限的，無論是對朋友還是愛人，如果你讓我感覺到力不從心了，遲早有一天我會離開你，那就再也回不來了。如果我需要你的時候你都不在，那麼以後，也不必在了。

不愛你的人，即使他就在你面前，你們仍舊是有著一輩子的時差。而真正愛你的人，即使不在同一個時區，他也願意為了你去追趕時差。

關於「我想你」這種病

不知道你有沒有這樣地想過一個人。

走在路邊看到一棵奇形怪狀的樹或是從未見過的花，你會拿出手機拍照，然後會不自覺地點開他的對話框，一系列熟練地動作把照片傳給他，盯著螢幕等他回應。

去超市的時候，總是會在林林總總的貨架上自然地拿起他愛吃的零食，在收銀台結帳時才發現購物車裡全是他喜歡的東西，卻怎麼都想不起一開始來超市打算買什麼了。

……

記得以前在網路上看到過很多話題，比如「放下一個人是什麼感覺？」、「喜歡一個人的時候會有什麼表現？」、「你是什麼時候開始不喜歡他了？」

然而我們卻總能在熱門回應裡看到這樣的話：「當你在回應裡寫下關於那個人的話時，就說明還沒放下他。」、「當你看到這個問題時，心裡想到的那個人就是你喜歡的人。」

是啊，很多想念、喜歡、不喜歡，都是下意識的事，就像那句話一樣：

「聽到一些事，明明不相干，卻還是會在心裡拐好幾個彎想到你。」

又是凌晨，我迷迷糊糊抱著手機快要睡著了的時候，突然被一陣急促的敲門聲驚醒了，我忍著睏意，搓了搓眼睛，爬下床開門。菜菜頂著那雙腫成兩個桃子的眼睛站在我家門口，這已經是她這週第四次來敲我家門了。

我實在是睏得不行了，冒著失去朋友的風險說：「大姐，這週你已經連續四次在凌晨來騷擾我了，是不是這星期你都不打算讓我安穩地睡個覺了？你看看現在幾點了，你自己不睡，也別來騷擾我啊。」雖然我話是說得難聽，但也知道菜菜不會生我的氣，畢竟是十多年的朋友了。

菜菜一邊擦眼淚一邊跟我說：「我好像生病了，怎麼辦啊？」

嚇得我直接清醒了，瞪圓了眼趕緊問她：「你怎麼了，生什麼病了啊？」

菜菜哭聲越來越大了，嘴上還嘰裡咕嚕地說了一大堆，聽了半天我才知道，原來她口中的生病根本就不是真的生病，用她的話來說，她生了一種叫做「我想他」的病。

其實菜菜已經和她男朋友分手好久了，只是她一直都沒有走出來，最近也不知道是怎麼了，可能是那種「我想你」的病越來越重了，於是她這週連續好幾天睡不著來敲我家門，跟我哭訴，簡直是比剛失戀的時候還要嚴重。

前幾天她大哭著來跟我抱怨，可是在她想他的時候，我怎麼安慰都安慰不了她，於是沒辦法地說：「你要是真的想他，那就去找他吧，你這樣整天哭算什麼啊，哭出毛病來怎麼辦。」

後來菜菜支支吾吾地跟我說，她前幾天剛知道她前男友找了一個新女友，她好奇地去翻那個男生的社群帳號，才發現人家真的是早就開始了自己的新生活，而且他的新女友看起來還不錯，光是從照片中就能看得出，那個男生早就放下了過去，而且還過得有聲有色。

於是我只能一邊心疼地用一些無力的話安慰著菜菜，一邊勸她，別想他了，即便再想念也不要去找他了，因為兩個人的生活軌跡早就發生了翻天覆地的變化，如果這時你突然站在他面前說：「我還喜歡你。」這對男生來說可能只是一種打擾。

那天晚上菜菜趴在我懷裡，邊說著話，邊流著淚睡著了，那一幕太讓人心疼了，可是又有什麼辦法呢？愛情本身就是個吃力又不討好的事，總是讓許多女生，一個跟頭接著一個跟頭地栽。

看到菜菜狼狽的樣子，我突然想起了之前看到的一段話：「感情裡最怕的就是一個人走了很遠，一個人負傷原地踏步，然後滄海桑田，你已不見，我害怕在哪個曾經的地方會遇見你，放不下，如果雨停了，我們就和以前一樣好，結果卻是，對不起。」

是啊，多少感情最後的結局不都是「我愛你」、「對不起」嗎？

其實有的時候我也會像菜菜一樣，覺得「我想你」真的是一種病，而且是一種無從根治的病。

我曾在書中看過這樣一段話：「最深刻的想念，不是難過到酒後哭喊著對方的名字，也不是日思夜想到痛苦失眠，而是這種感覺一直伴隨著我，滲透進生活的點點滴滴，彷彿早已不存在，卻依然於午夜深入夢境揭穿我辛苦掩飾的太平，或是一個轉身一個回眸熟悉的場景讓我壓抑到喘不過氣來，哭不出來，咽不下去，經久不散……」

是啊，我也不想想起你啊，只是你早已滲透到我的生活的點點滴滴裡了，我也不知道，下一秒你又會突然從哪個場景裡冒出來，讓我淚流滿面。

朋友告訴我：「你喜不喜歡他，就看他在你夢裡出現的次數，因為荷爾蒙最誠實，潛意識無法克制。」

的確，我們喜歡一個人的時候，想念一個人的時候，真的就會連續一週夢見他七次，你有這樣的經歷嗎？

儘管白天你努力地忙到讓自己沒有時間去想念他，
但在深夜的時候，他還是會深入你的夢境揭穿你辛苦掩飾的太平。

網路上曾有過這樣一篇熱門文章：「你見過感情放過誰？」配圖是九張聊天軟體的聊天截圖，全都是被對方刪除封鎖了之後，還傻傻地發訊息給對方的人啊，一句「在嗎？我好想你」，換來的卻是毫無回應。

看得我很心酸，以前我也會在夜裡抱著手機，把那些思念一個字一個字地敲在螢幕上，一句一句地傳給那個人，儘管明知道什麼回應也不會有，卻還是不亦樂乎地發著，因為大概只有這樣，我才敢和他說說話。

我想很多人都和菜菜一樣，分開後很長一段時間都停在原地，像是孫悟空給唐僧畫的那個圈一樣，困在裡面怎麼都走不出來，每天都在這個小小的圈子裡轉圈，渾身上下都散發著「我想你」的氣息，還拿自己一點辦法都沒有。

如果想念會有聲音，那麼那個人一定早已震耳欲聾了。

這世間有千千萬萬種疾苦，對於感情來說，「我想你」就是絕症了，和「放不下」一樣。我不知道要怎樣去醫治這種病，只能努力地讓自己往前走，跳出那個怪圈，畢竟離開他之後，你的人生會有一萬種可能。

所以，很開心的是，我早已擺脫了這種疾病，並且再也不想得了，你也快點好起來吧。

你別哭好不好，
我抱不到你

記得在很久以前就有人告訴過我說，每個人的一生都會遇到三個人，第一個是你最愛的人，第二個是最愛你的人，第三個是與你共度一生的人。

我深信不疑。

我知道徐先生是第一個人，而第二個人是誰，我不知道。在徐先生之後，我遇到過很多喜歡我的人，他們對我的喜歡都很熱烈，甚至絕不亞於當初徐先生對我的喜歡，但偏偏我沒有任何心動。

當然，在後來眾多喜歡我的男孩子中，還是有一個男生讓我產生了一絲絲的好感，我不知道那種好感是不是源於他對我細膩的關懷。我半夜下樓倒垃圾時，他會打電話給我陪我聊天，怕我會因為騎樓太黑而害怕；會在我心情不好的時候，跑去網路上搜尋各種笑話講給我聽；會每天和我說早安午安晚安，按時提醒我吃飯，總之就是，他會記住很多細節上的東西。

我是一個很容易就會因為小事而感動的人，但後來我還是拒絕那個男生的喜歡，理由是我已經習慣一個人了，很難再接受另一個人來到我的生活中，但其實還有一個原因，我們分處兩地，我沒有辦法接受。

大家都說，在要嫁給一個人之前，你要先跟他談一場遠距離戀愛，經歷欣喜憂愁無從分享，歡笑落淚不能擁抱，隔著電腦隔著電話隔著螢幕聯繫直到你幾乎瘋狂，學會拒絕誘惑，學會處理一個人的時間，學會照顧自己。最後等這些都熬過了，你們還能在一起，就嫁給他吧。

可是儘管這樣，我還是沒有辦法接受遠距離，我對遠距離戀愛的討厭程度幾乎無法理喻，就像我從來都不寫關於遠距離戀愛的話題一樣，是真的很討厭。

在我剛上大學的時候，有一次去朋友學校聚餐，酒過三巡後，有人提議要一起玩遊戲，大家都知道，這年頭飯桌上的遊戲不是猜拳喝酒，就是真心話大冒險，很無聊，大家卻都玩得很盡興。

那天飯桌上玩的是真心話大冒險，他們玩的還挺大的。有一個男生輸了，大冒險的內容是和旁邊女生舌吻一分鐘，我原本以為男生不會同意，或者說至少女生不會同意啊，但沒想到那個男生真的就親了上去，女生也沒拒絕。

聚餐結束後，我問朋友：「剛剛玩遊戲的那個男生和女生是男女朋友嗎？」

朋友跟我說：「什麼男女朋友啊，人家男生有女朋友，不過是遠距離。但是啊，那個女生還真是有點喜歡那個男生，我們故意那麼一說，沒想到他還來真的。」

我當時真的很生氣地和朋友說：「你們怎麼能這樣呢，遠距離戀愛多不容易啊，換位思考一下，你女朋友異地背著你，然後被朋友慫恿和別的男生曖昧，你難道不想上去揍她朋友嗎？」

朋友笑笑跟我說：「誰叫他把持不住呢，又沒人逼他，還不是他自己寂寞，這怪不得我們啊。」

我無奈地撇了撇嘴：「你們真的是太沒人性了，趕緊祈禱這種事別發生在自己身上吧。」

朋友繼續笑了笑說：「遠距離戀愛嘛，就得睜一隻眼閉一隻眼地信任。」

後來，第二天，朋友送我回學校的時候，在路上碰巧又遇見了前一天晚上那個男生，正和一個女生手牽著手壓馬路。

朋友和他打完招呼後，我趕緊問朋友：「什麼情況，怎麼又一個女生，他還明目張膽地帶著人家出來，真是隔得遠，什麼都不怕啊。」

朋友笑我傻：「你想太多了，這個就是他女朋友，大概是今天剛飛過來，和他一起過週末的吧。」

我忍不住又回頭看了一眼那個女生，身材很好，剛見她時，她還在笑，眼睛彎彎的很好看，感覺一定是一個性格很好的女孩子。

後來，朋友告訴我，那個女生很優秀，據說當年考大學時是學校的文科狀元，現在在外地的大學讀書，經常週末飛過來陪他，有顏又有才，也不知道他是哪世修來的福分，找了個這麼優秀的女朋友。

聽完朋友的話後，我更是想不通了，一個男生有這樣優秀的女朋友，是怎麼心安理得地和別的女生曖昧呢？不得不讓我產生懷疑，是不是每一個遠距離戀愛的男生都這樣經不住考驗，抵不住誘惑。倒不是想以偏概全，只是覺得遠距離真的是太累了，就像那句話一樣：「你在的城市下雨了，我不敢問你，因為我怕即使你沒帶傘，我也沒辦法趕到你身邊。」

前些天看室友在文章裡寫到，她和她男朋友遠距離戀愛，男朋友在英國，幾個月見一次面，上次在機場分離的時候，一個要坐高鐵回學校，一個要搭飛機回英國。

排隊入閘門的時候，她男朋友拉著她往後走，邊走邊跟她說：「讓後面的人先進去，我們再往後排幾個。」

即便距離高鐵發車只剩十分鐘了，他們也想擁抱到最後一刻。

而我沒有經歷過這樣的分別，因為我不敢與任何人有這樣的分別。我天性愛哭，所以根本就不敢給自己這樣哭的機會，與任何人分開的時候，我都盡力地裝出一副什麼都不在乎的樣子，甚至連一句多說的話都不會有。

有一次和男朋友分開，他非要送我去公車站，我卻不敢讓他去，硬推他回去，但最後還是沒拗過他。他把我送到了站牌下，我輕輕抱了他一下就轉身上車了，他站在車外看著我，我透過車窗努力地擠出微笑，然後揮手要他快回去，可是車剛開走，轉眼我就哭成了淚人。

所以，遠距離戀愛對我來說，真的是太討厭了，我根本就不知道下一次見你要什麼時候，你打籃球的時候我不能跑去替你加油送水，你感冒發燒的時候我也不能陪你去醫院，你心情不好的時候我看不到，甚至可能還在對你發火。

有朋友跟我說：「其實遠距離戀愛就是兩個人分開旅行，每次見面都會互相講述自己的旅行經歷，看到了哪些風景，有了哪些故事，兩個人的心始終沒變，相信彼此，可能會有異性來關照，替你照顧她，你要學會感謝，感謝他們身為一個過客可以這麼有心，因為你知道，你們只是在等待某一天，等彼此都累積夠了經歷，可以攜手一起去旅行。」

我承認熬過遠距離戀愛之後，一定會讓很多東西變得更美好，但儘管如此，我也永遠都不想去嘗試，我不想考驗你的什麼耐心，也不想知道你會不會拒絕誘惑，我只知道遠距離會讓我想你想到發瘋。

我室友總是問我：「為什麼你這麼討厭遠距離戀愛，整天膩在一起有什麼好的呢，不覺得煩嗎？」

要我怎麼說呢？

網路上一直重複看到的話不是沒有道理，明明一個擁抱就能解決的事，你非要跟我講道理。我在這邊想你想得撕心裂肺，你在那邊享受一個人的時光。

什麼你別哭，我抱不到你，你以為我想哭啊，我不想哭，我只想要你抱我。

有人可能會說：「要這樣說的話，就不要談遠距離戀愛啊，既然不想遠距離，就不要跟他在一起啊。」

我想矯情地反問幾句：「你看過《漂洋過海來看你》嗎？劇中王麗坤指著自己的心說，感情這個東西，我控制不了自己啊。」

這就是很多人為什麼選擇遠距離戀愛的原因。

所有遠距離戀愛的人，難道他們真的就是因為喜歡遠距離，或者是不怕遠距離嗎？我想都不是的，誰不害怕啊，誰不怕兩個人鬧情緒的時候，他身邊出現了另一個人呢？之所以選擇遠距離，是因為他喜歡的是那個人，不是那段距離啊。

真心希望所有的遠距離戀愛都能對得起對方的那份信任，敢陪你遠距離的，都是真心愛你的，不然誰非得在手機裡養個寵物呢，誰不想找一個在自己身邊的人呢？

如果你選擇了遠距離戀愛，希望你也能給那個人無盡的陪伴，要知道，遠距離最怕的就是，一個忙得跟狗一樣，一個閒得跟豬一樣。

我需要你的時候你都不在，而等我自己搞定了一切，你也就變得無關緊要了。我只想讓你過來抱抱我。

感受不到的喜歡
都是不喜歡

經常收到一些女生的私訊，她們很多人都喜歡問我：「不確定男朋友愛不愛自己，該怎麼辦啊？」

說真的，我看到這類問題並不覺得奇怪，畢竟談戀愛的時候都有那麼一段時期，都會懷疑自己的男朋友是不是真的愛自己，這是人之常情。

可是前兩天有個女生問我：「男朋友說，他也不知道自己愛不愛我，要怎麼辦啊？」

這問題真的讓我覺得很好笑，男生都說自己也不知道愛不愛你了，你還裝傻幹什麼？在我看來這就是不愛啊，他連一句騙你的話都不想說了，說難聽點，他就是不愛你了，說好聽點，他沒那麼愛你，總之就是兩字——不愛。

女生緊接著問我：「既然不愛了，那他為什麼不跟我說分手呢？」我看著這留言真是一點都不想回覆，難道這不是很淺顯易懂的道理嗎？大大寫著渣男兩個字啊。

且不論之前他們兩個人的感情怎麼樣，單單他那一句，自己也不知道愛不愛就足以表明這段感情很難走下去，即便是拖著，最後也會不歡而散。

愛是本能，不是再三思考後的結果，也不是權衡利弊後，才覺得我應該愛你，當我們在猶豫的時候，其實就是不愛的表現。

他愛不愛你，你心裡比誰都清楚。

去年寒假的時候，雯雯經常來跟我抱怨她男朋友不好，動不動就在半夜傳一句「他到底愛不愛我」這樣的話給我。

後來有一次我們兩個坐在一起閒聊的時候，我問她：「你為什麼覺得他不愛你了？」雯雯義憤填膺地說了很多他不愛自己的例子，比如他從來不帶雯雯去見他的朋友；比如他們兩個人走在一起的時候，他總是走得很快，一點都不照顧雯雯腳上還穿著高跟鞋；比如他的社群網站發文底下總是有一些很曖昧的回應，比如……

我氣不打一處來，跟雯雯說：「在你問我這個問題前，其實你心裡已經有答案了，他愛不愛你，你心裡比誰都清楚。」

雯雯接著說：「他跟我冷戰的時候是真的冷，可是熱情起來也是真的啊，有時候又覺得他也很愛我。」

大概這就是女生的弱點吧，他稍微對你好一點，你就把那些難過的時候全拋了。

愛情有的時候很像賭博，贏了會上癮，輸了會發瘋。

於是你押上你所有的時間精力和那顆完整的心，想要他回頭看你一眼，再看你一眼，不甘心自己停在不被愛的局裡，一定要拚命贏回來。

畢竟上了賭桌的人沒有一個人想空著口袋走，可是在愛情這場賭博裡，往往有人輸得分文不剩。

雯雯最後還是決定賭把大的，和他說了分手。大家都知道女生說分手多半不是真的想分手，只是想嚇唬嚇唬男生，要他好好愛自己，可是，雯雯她男朋友二話不說就同意了，而且分開後沒幾天就開始在社群網站上和新歡曬恩愛了。

你看啊，女生的第六感和她那福爾摩斯般的分析能力，從來都不會騙自己，當你不確定他愛不愛你的時候，他可能真的就不愛你了。

你們知道嗎？後來雯雯花了很長時間從那段失敗的戀情中走了出來，又遇到了一個自己很喜歡的男生。

有段時間，雯雯天天和那個男生聊天，我們身邊所有人都覺得雯雯談戀愛了，她的種種表現怎麼看都像是一個沉浸在熱戀中的小女孩。

但雯雯卻跟我說，她和那個男孩只是好朋友，但又比好朋友更親密一些，她說他們兩個人每天都能天南海北地聊天，你今天幹嘛了，我今天吃了什麼好吃的，買了什麼東西，無一例外地都會和對方分享。

可是女生最受不了的就是身邊會有這樣一個和你分享日常的人，因為久了就會變成喜歡。

所以啊，後來雯雯發現自己越來越喜歡他了，但因為是女生嘛，又不太喜歡挑明了說，於是雯雯很委婉地給了他很多暗示，但他永遠都是一副什麼都不知道的樣子。

後來有一天，雯雯半夜跑去我家，瘋狂地敲門，直接把睡夢中的我嚇醒了，我連忙問她怎麼了，她竟然哇地一聲哭了，邊哭邊問我：「他到底喜不喜歡我啊？」

我著實拿眼前那個總是被情感問題困擾的小女孩一點辦法都沒有，用冷水洗了把臉，端端正正地坐好，準備解答她的疑問。她說：「他之前對我蠻好的啊，我不開心的時候他會安慰我，他開心的時候也會和我一起分享，總是會找很多話題跟我聊天，可是我三番五次地暗示，他都假裝什麼都不知道，你說，他到底喜不喜歡我？」

本來大半夜的我不想在雯雯的傷口上撒鹽，但沒辦法，感情這種事還是早點看清了好，於是我跟她說：「哪有真的不懂的人啊，有點情商的人都能看得出來你喜歡他啊，就像你說的一樣，他是揣著明白裝糊塗。」

果不其然，沒過多久那個男生找到了喜歡的人，然後跟雯雯說：「其實我知道你一直都喜歡我。」好在這次雯雯終於長了點志氣，二話沒說就把渣男封鎖了。

如果一個人總是讓你覺得患得患失，總是讓你覺得他喜歡你又不喜歡你，那麼說白了就是沒那麼喜歡你。

所以不要總覺得你的那些小技倆、小招數他都看不懂，不是的，你的小心思他都懂，畢竟喜歡一個人是會表現得很明顯的，傻子也都能看明白，何況你喜歡的人又不是傻子，他有可能不懂嗎？

有部美國電影，叫做《他其實沒那麼喜歡你》（He' s Just Not That Into You），很多人都說，這是一部所有女孩都應該看的一部電影，因為看完之後你能從電影中找到很多你生活中想不明白的答案。

電影裡面反反覆覆出現這樣幾個問題：為什麼他沒有打電話給我？為什麼他不來找我？為什麼他突然失去了聯繫？

其實這樣的問題是我們身邊很多人都在面對的，包括我們自己，我們總是被他突然失蹤、突然不回訊息、突然很多天不打電話給我這樣的問題折磨得狼狽不堪。

電影裡說：「如果一個男人真的喜歡你，他就會動用一切力量去找你。」

畢竟這已經不是石器時代了，真正喜歡你，即便經歷海嘯、洪水，即使你消失在人海，大海撈針他依然會找到你。

所以那句話沒錯，當你自己覺得遇到渣男了，那你八成就真遇到渣男了。當你懷疑對方是不是不愛你了，那他大概就真的不愛你了。

至於愛不愛你啊，你心裡最清楚，愛和喜歡，就像紙包火一樣，是藏不住的，捂住了嘴巴，是可以從眼睛裡跑出來的。

我們最後會嫁給
什麼樣的男孩子呢？

我在電腦上打下這個標題之前，我想的另一個題目是：不知道為什麼，我身邊的人好像都要結婚了。可是剛要打下這句話我就笑了，哪是不知道為什麼，而是好像真的到了談結婚的年紀了啊。

上週打電話給媽媽，媽媽和我說，從小和你一起長大的誰誰要結婚了，還有誰誰打算明年結婚，婚期是什麼時候。

媽媽說的一連串的名字，全都是和我年紀差不多大，小時候和我一起玩，一起長大的朋友。

我笑了笑，和媽媽說：「好可怕啊，我覺得我還是個孩子，離結婚還很遠很遠，怎麼一轉眼，他們都要結婚了啊。」

媽媽也笑了。

昨天在社群網站上，又看到之前的一個大學室友發了婚紗照和結婚證書，我才知道，原來她四月份的時候就和男朋友登記結婚了。

好快啊，時間過得好快啊。

我一點一點地放大著她發的那幾張婚紗照，腦海裡還能回憶起五年前，我們剛上大學時的樣子，那種感覺就好像是，前兩天我們還圍在寢室的桌子邊一起吃飯，一起埋頭準備期末考試，一起過生日，一起打掃清潔，一起慶祝聖誕節，怎麼一轉眼，她已經畫好了妝，幸福地笑著結婚了呢？

照片裡的那個男孩子，我還記得，是她大二時交的男朋友，兩個人都笑得很甜很開心，像大學時一起手牽手走在校園裡那樣自然愉快。

看著照片我就一直在螢幕這頭感慨，真好啊，你看，大學時的愛情不也走到了最後嗎？真的好棒啊。

記得剛上大學的時候，我們晚上關了燈在寢室聊天，偶爾聊到以後，就會互相八卦地猜誰會是寢室裡第一個結婚的呢？到底會嫁給怎樣的一個男孩啊？那時覺得這些都好遠啊，而如今就在眼前，那個最先結婚的女孩嫁給了青春和愛情。

阿倉最近也一直在考慮結婚的事，看了很多家的鑽戒，選好了在哪裡拍婚紗照，也諮詢了婚禮顧問。

偶爾我也會想，一年前的某個晚上，我們兩個人躺在一張床上，她和我說：「你知道嗎？人是會因為在某一刻突然遇見一個人而改變的。」

我似懂非懂地點了點頭：「可能吧。」

她說，她遇見程老師之前，一直都覺得，自己以後一定是要過那種非常放蕩不羈的生活的，去很多很多的城市，認識很多不一樣的人，談不同的戀愛，一輩子都不結婚，要活得很酷很自由。但遇見程老師之後，她發現自己好像慢慢放棄了曾經的那些想法，只想和這個人待在一起，過著安穩的生活。

那時我便想，一定是一份很難得的愛情，才會讓她放棄了曾經的一些堅持，她遇見程老師，真好啊。

我在認識了阿倉很長一段時間後，才見到程老師，之前我總是在阿倉的描述中聽說關於程老師的一切。

有時候我會想不明白，阿倉是一個標準的文科生，喜歡浪漫有趣的生活，喜歡看的電影也多半都是文藝劇情片，看的書也多半都是文學性很強的，甚至她經常說一些我都理解不了的話，我總是開玩笑地說她，文青就是矯情啊。

而程老師在她的描述中是非常典型的理工男，學的專業是研究無人機的，喜歡看的電影又都是懸疑犯罪片，理性思考和邏輯特別強，是個很愛分析問題講道理的人。

所以我一直覺得，他們大概就是處在完全不同世界的兩個人。

但後來和程老師接觸後，發現理工男真溫柔，他在面對阿倉的時候，每一秒都很溫柔。

記得有一次，阿倉吃完泡麵，程老師在客廳打遊戲，阿倉自己在廚房洗碗。

程老師聽到流水的聲音就說：「你別洗了，放著我等下洗。」阿倉說：「沒關係，只有一個碗，我洗就好。」

程老師說：「快放著吧，油太多了，你洗不乾淨。」

我在一旁都酸了，你們說，哪有洗不乾淨的碗啊，分明就是心疼，捨不得她來洗碗呀。

阿倉總是和我說，和程老師在一起之後，她被保護得很好，她不想做的事，程老師都會說：「你放著，我來吧。」她想退縮的時候，程老師會說：「沒關係，我就是你的退路。」

不得不承認就是這些很小很小的舉動疊加在一起，湊成了愛情，也是這些一點一滴的愛，讓那個天性愛玩的她收了心。

前一段時間，我和小哥哥聊天，聊到我們的以後，他說，他本來想等到三十歲再結婚的，但遇見我之後，他決定聽我的，我哪天說想結婚了，就哪天結。

我問他：「你不怪我會打斷你原本的規劃嗎。」他說：「誰讓我遇見了你呢。」

其實，我有很長一段時間都覺得自己不會和特別喜歡的人結婚了，因為遇不見，我甚至覺得不結婚不談戀愛都沒關係的，就很無所謂，也不抱什麼期待。

不是我對自己的人生沒有規劃，我是有的，我很早的時候就計畫好了，我要在二十四歲的時候結婚，二十六歲生寶寶，二十七八歲的時候一家三口就可以一起出去玩啦，過那種被老公喜歡被寶寶依賴的生活。

可是之前的經歷讓我覺得愛情太糟糕了，也不是不相信愛情了，就是不相信我會遇見愛情了，我甚至都重新做好了自己過一輩子的B計畫了。

但在我遇見小哥哥之後，我覺得和他一起，比我一個人要好很多很多，我總是在想，大概就是這個人了。

其實以前談戀愛的時候，我也會像很多小女生一樣，想像著兩個人的未來，自己在腦海裡規劃很多很多，但之前從未有過心安的感覺，就像是獨自一個人在唱一齣戲一樣，那個人只是站在很遠的地方看著我表演。

小哥哥不一樣，雖然他很木訥，總是不明白我生氣的點，也總是把我氣哭，但他會在我告訴他為什麼生氣的時候，第一時間來和我認錯哄我，達成共識，以後類似的事情都聽我的。

他會和我一起討論我們的未來，在哪裡生活在哪裡工作，我每次說在哪裡買房子的時候，他都會很認真地聽並給出意見，那些細緻入微的小事他都願意聽我說，我能很清晰地在他的未來裡看到我。

也就是那樣的時刻讓我覺得，大概就是他了。

「你以後會嫁給什麼樣的男孩子啊？」

「還用問嗎，當然是你啦。」

那個「一輩子都不會找我的人」

凌晨三點多，在網路上找第二天的選題時，突然看到這樣一個話題：「喜歡一個不喜歡自己的人是什麼感覺？」看了幾個熱門評論之後，我的心不自覺地跟著留言顫抖了幾下。

有人說：「喜歡一個不喜歡自己的人，就好像是自己在賣力地表演路人甲，絕望又心懷僥倖地以為只要足夠努力，就能破例升為主角。」

也有人說：「喜歡一個不喜歡自己的人，就好像，他不在的時候都在告訴自己，這是最後一次犯賤了，我這麼棒，我不要喜歡一個不喜歡我的人，然後，他一出現，就高興得全都忘了。」

於是，我也在那個話題下面寫了幾句話：「大概是因為得不到，所以總覺得你是因為太喜歡我了，所以才不敢靠近我。因為你覺得我太優秀了，怕你自己配不上我，所以才說不喜歡我的。而事實卻是，在你遇到比我更好的人時，你義無反顧地選擇和她在一起了。」

我有一個好朋友，她曾經喜歡一個男孩，她為那個男孩留了他喜歡的長髮，穿他喜歡的裙子，聽他喜歡聽的歌，看他喜歡看的電影，喜歡他喜歡的球星，活生生地把自己變成了他喜歡的樣子。

可是，當她問那個男孩：「你喜歡我披散著頭髮，還是喜歡我綁馬尾？」

男孩卻冷漠地說了一句：「我不喜歡你。」

這樣的對話聽起來真的是要多心酸就有多心酸。

喜歡一個不喜歡自己的人真的是挺悲哀的，尤其是在他說出「我不喜歡你」這幾個字的時候，他不知道你忍住了多少眼淚，才勉強擠出一絲微笑，來掩飾自己的狼狽不堪，裝成毫不在意的樣子。他壓根就沒注意到你說沒關係時眼睛裡滿是絕望，也根本不知道你把他當作信仰一樣地愛著，你把他當命，他卻把你當神經病。

上大學的時候，第一次去酒吧是和韓萌一起去的。那天韓萌跟我說，她心情很不好，想找個地方喝酒，想要放縱一次。後來我倆到了酒吧後，韓萌跟我說：「一會兒如果有男孩過來搭訕，我就跟他喝個一醉方休。」

我一副全然不信的樣子跟她說：「你拉倒吧，我就不信你能這麼做。」我會說這句話，是因為韓萌幾乎沒和陌生男孩子說過話，更別提喝酒了，她為了他，拒絕了所有想要靠近她的男孩。

結果我們剛在吧台坐下來沒一會兒，就真的有男生跑過來搭訕，兩個人聊了沒幾句，那個男生就拉著韓萌去旁邊桌上喝酒，我剛想要上去拉住韓萌，韓萌卻把她的手機塞到了我手裡，示意我不要攔著她。

我接過手機，順勢看了一眼手機螢幕，螢幕上顯示著正在打給一個叫作「一輩子都不會找我的人」，緊接著電話因為無人接聽而自動掛斷了，手機返回通訊錄介面，我才看到原來韓萌已經打了近一百通電話給他，全都顯示對方未接聽。

而那個「一輩子都不會找我的人」，正是韓萌喜歡了好幾年的一個男生，但那個男孩從來都不正面回應韓萌，就是那種不拒絕你也不會答應你的人。

我曾經問過韓萌：「他是不是不知道你喜歡他啊，不然他幹嘛不表個態啊，喜歡就在一起啊，就算是不喜歡，那至少也該讓你知道啊。」

韓萌也跟我說：「他怎麼會不知道我喜歡他呢？不喜歡他我會每個節日都買禮物給他嗎？不喜歡他我會每天跟他聊天嗎？何況有一次我假裝喝多了還撲倒在他懷裡和他說我喜歡他呢，他竟然真的以為我是喝多了，裝作什麼都不知道的樣子，以為我喝斷片了，其實他什麼都知道，只是他裝作不知道而已。」

所以，那天本來我想走過去把韓萌拉過來的，但當我看到那個通話記錄時，心想還是算了，讓她去喝吧。我就在吧台坐著，遠遠看著韓萌，看得出來她那天很失態，但也知道她是真的很傷心。

後來，我們十二點多才從酒吧出來。我在路邊叫了輛車，把喝得爛醉如泥的韓萌送回了家，將她送到家後，擔心她等等可能會因為喝得太多難受得想吐，就留下來照顧她。果真，那天晚上她吐了四五次，每次都是一邊吐一邊哭，還要不停地罵著：「我真是瞎了眼，怎麼就看上他了？」那一刻，我感覺韓萌彷佛要把她這輩子的委屈都吐出來。

直到凌晨五點多，她才好一點，躺下睡著了，我也倒在旁邊瞇了會兒。結果沒過多久，韓萌的電話突然響了。我在心裡罵著，誰啊，這麼早打電話，腦子壞掉了吧。這時韓萌已經接起了電話，迷迷糊糊的我只聽見她說了一句：「好，我馬上過去，你等我一下。」

我問她：「誰呀，這麼一大早上給你打電話，你還要出去啊，你瘋了嗎？你可是一晚沒睡啊。」

韓萌一邊著急忙慌地換衣服一邊說：「是偉哥啊，他好像喝多了，要我去接他。」聽到這我立馬就清醒了，大罵了一句：「韓萌，你是不是瘋了！你還喝多了呢，他把你折磨得還不夠嗎？你忘了你昨晚為什麼喝這麼多酒了嗎？你昨晚吐得我都快要打 119 了，你怎麼還管他死活啊？」沒錯，韓萌嘴裡的偉哥就是那個通訊錄裡的「一輩子都不會找我的人」。

韓萌根本就沒聽見我罵她的那幾句話，穿上衣服就甩門而出了。全然忘了自己昨天晚上喝了那麼多酒，流了那麼多淚。

伴著韓萌甩門而出的聲音，我直接沒了睡意，起身坐在沙發上對著電視發愣，心想自己剛剛對韓萌說的話是不是有點重了，我想韓萌是真的很愛偉哥吧，她能全然忘了昨天晚上痛苦的記憶，奮不顧身地去找他，大概這就是愛一個人的本能吧，即便之前他怎樣傷過她，但只要他隨便的一句「我想你，我需要你」，她就可以為他飛蛾撲火。

突然想起來，很久之前我曾拒絕過的一個男孩子，我們兩個人大概認識了半年多，男孩跟我表白，因為我不喜歡他，所以當時就說了一句很灑脫的話：「我們或許可以成為很好的朋友。」結果沒過多久，男孩就刪了我的聯繫方式，過了幾天又回來加我，說答應和我做朋友，之後沒過多久，又把我刪了，然後又加回來。反反覆覆很多次，無奈之下，我主動把他封鎖了。

之前我是真的不理解這個男孩為什麼一直這樣做，後來直到我和徐先生分手，分手後，我也做過和這個男孩類似的事，也是答應和徐先生做朋友，然後過不了幾天就反悔了，再過幾天又覺得要不就做朋友吧。這樣的心理抗衡，我真的是反反覆覆經歷了很多次。也就是那一刻，我才理解了，當初我拒絕的那個男孩為什麼要這麼做，也體會到了當年他被我封鎖時的心情，可是我仍舊沒有半點的愧疚啊，大概這都是因為不愛吧。

最近在讀顧城寫的詩，他的那首《小巷》描寫的和不被愛的感情如出一轍：「小巷又彎又長，沒有門，沒有窗，我拿把舊鑰匙，敲著厚厚的牆。」是啊，我滿心歡喜地以為我有了鑰匙就能打開你的心，可是，你根本就沒給我一個可以插鑰匙的地方，要怎麼才能進到你的心裡呢。

像有位搖滾青年曾經說的一樣：「最單純的喜歡就是，就算你拒絕了我，我對你也永遠沒有埋怨，但我不會再靠近了。如果你有求於我，我依然會鞠躬盡瘁。從今往後我會把喜歡藏起來，不再招搖過市了，我會努力過得好，希望你也是。」

像大人一樣去生活，
像孩子一樣去愛人

上週和朋友聊天時，討論起彼此的愛情觀。

她問我：「你有沒有了解過你男朋友的家庭，知道他的爸爸媽媽都是做什麼的嗎，以及生活習慣和他之後想在哪裡生活等等。」

我搖搖頭說：「沒有，我不想知道這些，我只想和這個人談戀愛，況且現在聊這些既讓人覺得操之過早，又讓兩個人尷尬，就開開心心地在一起挺好的啊。」

朋友又說：「可是如果你們就這樣相處下去，等到了要談結婚的時候再去了解這些，發現存在問題又分手，那樣不是很浪費時間嗎？但如果在兩個人決定在一起前就互相了解，確定了是可以走下去的人，再開始談戀愛，這樣的話等到要結婚時就可以少去很多麻煩事啊。」

本想反駁說，我沒有預知未來的能力，即便我身邊出現了一個各方面都很登對的人，我努力地把他劃進未來裡，但又怎敢保證後來不會因為不夠愛這個理由分開呢？

但想了想又覺得，真的是愛情觀的不同，沒有辦法就此爭論，每個人都覺得自己的觀點是對的，怎樣爭論都是無用的。

我以為，談戀愛這件事情，並不是我們生活中的必需品，更多的時候，它是我們生活的調味劑，它的存在是為了讓這平凡而又枯燥的生活多些樂趣，又或者說是拯救兩份不開心，也可以是疊加兩份開心。

我很小的時候就為自己的人生做了很多規劃。

我很努力地去完成自己設定的規劃，想在二十五歲之前完成生命中所有的重大使命，總覺得那樣的生活才是不留遺憾的。

可是，有的時候，生活真的很難朝著你理想的方向前進，即便前面幾項都進行地很順利，也總是會突然在中途轉彎或是剎車，給你一個措手不及。

十八歲的時候我真的和喜歡的人談起了戀愛，二十二歲也邁出了大學校門，可是在二十歲的時候就和十八歲時喜歡的人分手了，甚至連續單身了很多年，再過幾個月就是我二十五歲生日了，我沒有辦法繼續完成小時候給自己的人生規劃，但也沒有因此著急。

記得前一段時間看過一篇文章叫做〈「什麼年紀就該做什麼事」耽誤了多少人〉，文中有段話讓我印象特別深刻。

「什麼時間，就該做什麼事」這句話被植根在我們的傳統文化裡。大學畢業前就該好好讀書，嚴禁戀愛；畢業後就要快快穩定，成家立業。好的愛情是溫室裡的蔬菜，只要你想要，永遠都有。

這樣的成長邏輯，讓很多人還沒有學會如何處理感情，就被送入婚姻。

我們的生活，通常有百分之八十的軌跡都不會按照我們預先設想的去行進，我們能做的只是打破所謂的設限，順其自然地去生活。

想來，我原本可以隨便找個合適卻不怎麼喜歡的人在二十四歲前結婚，可是我又怎麼會允許自己這樣做呢？我想所有人都一樣，沒人想嫁給「合適」，都想嫁給愛情。

前天打電話給媽媽的時候，她也盤問了我很多關於我男朋友家庭的問題，我很冷漠地回覆：「我不知道，可不可以不要管我的事情。」

我知道，她比任何人都還要關心我，也比任何人都還希望我能幸福。

但對我來說，我還沒有到去權衡利弊的那一步，愛情目前還是那個被我視如珍寶的寶貝，我想給它多一些單純和爛漫。當然，我能理解朋友跟我說的，像大人一樣地去思考，了解清楚對方的家庭等等再開始戀愛會讓以後少很多麻煩。

可是，愛情和生活是兩個部分，生活是理性的，而愛情是感性的。

儘管我在一點一點地變成熟，由全心全意地付出，變成小心翼翼地試探，但在愛的那個人面前，我依然願意雙手奉上那顆真心。愛情太過於物質，那便不是愛情了。

之前沒交男朋友的時候，我的社群網站置頂一直放著這樣一則文字：

和朋友聊天說起愛情，才發現自己這幾年變了很多。

以前覺得，愛是我要見到你，我要和你擁抱，真的，哪怕什麼都不做，讓我抱著你就好。

而現在呢，愛是你來到我的世界，哪怕沒有擁抱，你也要坐下來和我喝酒聊天看星星。

我總是在幻想一個場景，會有那麼一天，我們坐在一起喝一夜的酒，講一宿的故事，在海邊的霓虹下或在草原都好。

不是不喜歡擁抱了，不是不喜歡被你抱著時的安全感了，只是我清楚地知道，那些我曾經渴望的安全感現在我都可以給自己。

也不是非要找靈魂伴侶，而是希望哪怕你不懂我，你也願意陪我喝酒，也可以聽我講故事，只要在我身邊就好。

不知道是不是因為年紀大了成熟了，才對瘋狂的熱戀沒有那樣地渴求了。

寫上面那段話的時候我還沒和現在的男朋友在一起，等後來真的和他談起戀愛時，我變得更老套了，很喜歡和他一起逛逛超市或者安靜地坐著說說話。

有一次週末的時候，閨密發訊息問我：「在幹嘛？」

我說：「在星巴克寫稿子呢。」

閨密問我：「小哥哥呢？」

我回她：「在我旁邊打遊戲呢。」

「你們倆平時週末都做什麼呀？」

「吃飯看電影，我寫稿子他打遊戲。」

「也蠻好的。」

後來還有一次，同事問我和我男朋友在一起多久了，我說：「也就兩個多月。」

她說：「那還是熱戀期啊，真好真好。」

我搖了搖頭，好像沒有過熱戀，從剛在一起到現在每一件事都很平常，兩個人像是認識了很久一樣，自然又習慣。

現在的愛情觀是真的和之前不一樣了，之前談戀愛的時候，要和喜歡的男孩子互寫情書，要一起做很多浪漫和形式上的事，比如要一起去多少個城市，看不同海邊的日出日落，一起感受風花雪月。

而現在呢，不是覺得那些浪漫和形式不重要了，而是更清楚地知道，在褪去這些熱情後，愛情還是要回歸常態的。

我喜歡現在的生活，也希望，現在正在經歷的愛情能像電影螢幕上播放的一樣，五六十年之後，子孫來打趣地問我：「奶奶，你年輕時喜歡的那個人現在怎麼樣了？」我能笑嘻嘻地指著在沙發上的你說：「喏，他在那曬著太陽看報紙呢。」

所以，你能懂嗎？我想要的愛情，是我們彼此看著對方，從你嘻嘻哈哈漸漸成長變得成熟穩重，一起走過生命和生活。時過境遷，物是人非後，你還堅定地站在我身邊。

我會像小女孩一樣地笑，也要像殉道者一樣地思考，像大人一樣地去生活，像孩子一樣地去愛人。

如果去見你，
我會用跑的

「你來找我好不好？」

「好。」

前兩天收集話題的時候，我問大家，為喜歡的人做過的最瘋狂的事是什麼？你喜歡的人為你做過的最感動的是什麼？

在整理大家的留言時，我發現大部分人覺得最瘋狂的事就是，坐很久的車，走很遠的路，去見一個喜歡的人。

有一個讓我印象特別深刻的留言，是一個女生寫給我的，她說，她上大學的時候，和男朋友在同一座城市，但距離很遠，遠到可以用遠距離戀愛來形容，坐公車要兩個多小時。

她說，那時候她最開心的事，就是，他們兩個人每天晚上都會抱著手機聊到很晚，一起說著這一天都發生了什麼。

她還告訴我，有一次她男朋友和同學聚餐，他喝多了，打電話給她說想她了，她男朋友本來是一個極其不擅於表達內心情感的人，總是說那些甜言蜜語都是騙人的，所以自己很少說，於是那天他突然和她說想她了，她真是被嚇到了，立刻回他說：「我也想你了。」

「我現在想見你，你來找我，好不好？」

「好。」

聽到他那句你來找我好不好，她的大腦都跟不上腿的速度，換了衣服就出門了，那時候大概是晚上九點多，去他們學校的公車都已經停駛了，她直接從校門口搭計程車去他們學校，下了車看到遠處的他，直接飛奔到他的懷裡。

女孩跟我說，那種感覺就是，這輩子到這裡就夠了，多一丁點我都不想再要了。

「我願意坐十幾個小時的車去見你一面。」

阿倉大概是我見過的最貪睡的女生了，和她住在一起的日子裡，我每天最頭疼的一件事就是叫她起床。

最開始和她住在一起的時候是冬天，如果第二天沒事的話，她總是能睡到中午十二點，時間久了我對她的作息時間也就習以為常了，所以那段時間我幾乎不會在上午發訊息給她，即使有事也儘量拖到中午和下午再找她，因為我總覺得我上午找了也白找，她一定在睡覺。

後來突然有一天，她上午九點多的時候傳訊息給我，我驚訝地以為手機壞了呢，我用力掐自己一下並看了一眼手錶，確定我沒在做夢，手機也沒壞，趕緊問她：「怎麼今天怎麼這麼早起？」

她不慌不忙地回我：「因為我出來和程老師約會了啊。」

果然愛情的力量是偉大的，能叫醒她的大概也只有程老師了吧。

我想就算是和程老師約會，起床對她來說也是很困難的，畢竟她的人生夢想就是永遠躺在床上睡覺，但她願意為了喜歡的人少躺那麼一會兒，說白了就是，想見那個喜歡的人的念頭勝於躺在床上睡覺。

比起阿倉，我身邊有很多女生是願意坐十幾個小時的車去見喜歡的人一面的。

以前我總是很難理解她們為什麼那麼做，因為對我來說坐車是一件很痛苦的事，我小的時候坐半個小時的大巴士就會暈車想吐，所以說坐十幾個小時的車是我沒法想像的。

可是直到有一天我也和他們一樣的時候，我漸漸發現車坐久了就不暈了，也不知道是因為有喜歡的人在那頭等你，還是真的不暈車了，反正就是，願意為那個喜歡的人付出很多。

就像我之前說過的一樣，我願意為了那個人自己省吃儉用過很多天，只是希望見到他的時候能帶他去吃頓好的或是給他買他喜歡的禮物，願意花光自己所有的時間、金錢、精力，去見他一面。

有人說，女孩啊，就應該多愛自己一些，你自己都不疼愛自己，怎麼會有人來愛你呢。

可是愛情是不分男女的啊，想愛的時候就要勇敢去愛啊，永遠都不付出愛，怎麼敢奢求得到回報呢？在愛情面前男女是平等的，付出也是不計回報的。

「你不衝上去，就來不及了。」

日劇《東京愛情故事》裡說：「假如我望見了那個人的背影，我會披荊斬棘地追去，腳扭傷了，跳著也要追，天下著最大的雨，扔下傘也要追。」

很多時候你不去試一試，真的很可能就錯過了那個人，即便我們都知道，這樣義無反顧地去愛，並不一定能得到想要的那個答案，但總好過不敢嘗試。

朋友前幾天跟我說，有一天她在路邊站著等她男朋友來接她的時候，有一個面龐姣好的男生走過來問她說，可以認識一下嗎，做個朋友。

她拒絕了，說自己有男朋友了，那個男生堅持說，他剛剛從她身邊走過去了很久，本想在路口轉彎，可是又退了回來，就是覺得錯過了可能會後悔一輩子。最後朋友還是拒絕了那個男生。

先不論這個男生的撩妹技能，單看他對我朋友說的這些話，我覺得他很勇敢，明知道這樣的相遇可能並不會有什麼結果，但他也知道要是錯過了也就真的錯過了，大概真的會像他說的那樣後悔一輩子。

很久之前看到這樣一句話：「有些東西，是經不起漫長等待的，你不衝上去，就來不及了。」

就像我們不知道明天和意外哪個會先來一樣，這一刻，我想見你，我就是會跑著去找你，這一刻，我喜歡你，我就是想衝上去問問你是不是也喜歡我。

我們總是在等待和反覆猶豫之間錯失了很多，總是在糾結我想他要不要去找他，我喜歡他要不要告訴他，但往往這些東西是最經不起等待的，等著等著就沒了。

眞正的喜歡是等不及的，想他就去見他吧，記得跑著去。

最後總是不懂事的女孩
得到了愛情

寫下這篇文章時，郭富城和方媛剛剛大婚，大家紛紛在頭條新聞下面留言，「果然還是網購的好」，言語之間，都在為熊黛林抱不平。

熊黛林愛了他七年，七年間，傳出的消息往往是「天王拍戲，熊黛林請假探班」、「郭富城未送耶誕節禮物，熊黛林笑稱不重要」，好一個獨立大方的女孩，就像日劇《東京愛情故事》裡的赤名莉香，戲外的女孩動容，戲裡的男孩卻還是放棄了她。

「對不起，她更需要我。」

仔細想來，我們在愛情裡大概都扮演過赤名莉香的角色。

和阿倉談起這件事時，她跟我說，她小時候喜歡的那個男孩，是名校的學生會會長，除此以外還自己辦了本雜誌，出了張唱片，老師們對他抱的期望很大。於是他們兩個人在一起的時候，男孩沒有公開和她的關係，連對朋友都守口如瓶，明明兩個學校只有十分鐘的距離，他們卻只能一個月見一次面，次數多了怕被發現，並且，他也沒有什麼空閒時間。

那時候他們都很窮，所以男孩在節日時從沒送過禮物給阿倉，約會還時常是阿倉請他吃飯，她眼睛有點模糊地和我說，他們有次約會是在下午，去一家咖啡館，兩個人窮得只能點一杯最便宜的熱巧克力，待到吃晚飯的時間再坐公車回家。

那時候阿倉十六歲，男孩也十六歲，阿倉看著他，覺得他光芒萬丈，總覺得他們兩個人一定會有很好的結果，一起去大城市念書，一起創業或者找到很好的工作，結婚，擁有一幢小房子等。

阿倉跟我說，那時候她總在想，如果有天那個男孩變得很有名，那她一定就是傳說中的糟糠之妻，那麼喜歡他的人肯定怎麼想不到，糟糠也可以這麼漂亮。

但是後來他們還是分手了。

因為勢均力敵的驕傲，他越優秀，阿倉就越退縮，於是和他說了分手，但不是真的想就此分道揚鑣，而是想告訴男孩你等等我，但是男孩沒有，反而把分手視作一種解脫。

後來的後來，阿倉遇見了程老師，程老師雖然長著一張娃娃臉，卻大阿倉許多，而阿倉雖看起來成熟，畢竟還是小了他四歲。他們兩個人在一起的時候，程老師忍讓包容了阿倉許多，有的時候連阿倉自己都覺得很過分的事，但程老師總是笑著說：「好啦，沒關係。」

我記得阿倉跟我講過，程老師之前交過一個女朋友，和他一樣大，是個很任性的女生，會當著許多人的面說他不好，會要他買很多東西給她，一週要見兩次，每次見面之後要去麵包店買夠直到下一次見面的麵包……

程老師的前女友聽起來是一個十分不懂事的女生，所以在程老師遇見阿倉時，覺得阿倉溫柔可愛又善解人意。

然而事實上，你們可能不知道，阿倉自己都說自己並沒有那麼好，她有很多稀奇古怪的毛病，比如晚飯要吃兩頓，新上映的電影不肯等數位平台上片，每一部都要去電影院看。有次和程老師約會，阿倉說想去吃一家加熱滷味，忽然又想起前面還有一家涼拌米線，便和程老師說：「我們先去吃滷味，再到前面吃米線。」

其實中間的路還蠻遠的，天氣又冷，又覺得自己提的要求也的確有些奇葩，程老師不但毫不猶豫就同意了，反而還問阿倉還想吃什麼，都可以去吃。

結果因為冷熱交替，程老師得了感冒，也沒有因此責怪阿倉，反而是怪自己體質不好。

阿倉對電影的熱愛可以說非常狂熱，就算她很窮，新上映的電影也要去電影院看。然而程老師沒那麼喜歡電影，即便想看什麼電影，也大多是在網路上看，但程老師從沒說過阿倉浪費，相反是對阿倉這部分額外的支出照單全收，甚至有的時候還會上網查最近上映的電影約阿倉一起去看。

阿倉說，她覺得在程老師的心裡，自己看起來毫無缺點，完全是因為他心裡也會想「她比我小了四歲呀」，於是自己的那些奇怪的、蠻不講理的要求也顯得正常又可愛。他心甘情願包容阿倉，未必是阿倉沒有缺點，而是在他的認知中，阿倉的年紀有這些缺點都是可以接受的。

所以，這大概就是為什麼郭富城對熊黛林鮮有誇獎，卻接受方媛的種種負面新聞，還迅速迎娶了她的原因吧。

後來有一次和阿倉吃飯閒聊，她有一點難過地和我說：「聽說我前男友有了新女朋友，比他小兩歲，很嬌嗔的一個女孩，把他們之間的事弄得人盡皆知，還跑到他學校的緣分牆上表白，向所有喜歡他的女孩宣告，自己是他的女朋友。突然想起以前的我們，走路要隔三公尺，生怕被熟人看見，發現我們的關係。」

說完，我們兩個人不禁想笑，果然是小女孩容易得到愛情啊。

說到這兒又想起我之前的一個朋友二姚，她在歐洲旅行的時候認識了一個男孩，是北京人，在重慶上學，他們相約回國後在一起。真的在一起後男孩因為上學頻繁往返兩地，總找不到時間見面，後來連用通訊軟體聊天男孩都覺得麻煩。

旁人看得很清楚，明明就是不愛了，二姚卻不斷地替他找理由，他在忙比賽，他在實習，他忙著和家人爬山，他忙著和朋友踢球……他就是沒有時間見二姚。

可是二姚不問他不見面的理由，二姚說自己要做一個最優秀的女朋友，而優秀的女朋友就是要理解男孩，體諒男孩，即使心裡難過得要爆炸了，也不能問，不能說。

然後終於有一天，男孩向二姚提出了分手。

二姚帶了一手啤酒來找我，喝得酩酊大醉後趴在床上痛哭，聲音震天。

「他還要我怎麼做啊，我已經很努力地在做一個好女朋友了啊。」

我不知道怎麼安慰她，該怎麼告訴她，在愛情裡面，「好」是一個貶義詞。

過了不到半年，男孩交了新的女朋友，還帶著新女朋友去了摩洛哥，替她拍了很多好看的照片。

二姚看見了又很想哭，她說男孩從來沒有幫她拍過照，總是推說自己不會。

喜歡一個人的話，就什麼都會啊。

往往我們因為太堅強太懂事被放棄之後，都決絕地說再也不要這麼堅強，可當遇見另一個人的時候，還是會選擇當個懂事又獨立的女孩，不肯撒嬌，不敢任性，直到失去，看著他包容別的女孩的任性。

何必這麼傻呢？想要就說出來，可以理解對方，卻未必要時刻為對方著想，愛情裡自私又任性的人往往能得到更多愛，就像是故事的最後，總是不懂事的女孩得到了愛情，而懂事的女生總是形單影隻。

不是要你不懂事，是記住不要太懂事，畢竟男孩子，都很吃這一套的，不是嗎？

會曬恩愛的男生
加一千分

國慶連假的時候我一個人在家，每天不是抱著筆電窩在沙發上寫稿子，就是躺在床上滑社群網站，我每次滑社群網站時都會被閃到不行。

真的很想吐槽，現在的節日，只要是假期都被情侶們過成了情人節，記得之前看過一個段子說：「現在的人們啊，把清明節以外的所有節日都過成了情人節。」

我正在敲這些字的五分鐘前，我大學的學長林然更新了一則動態消息說：「這個世界上我最喜歡的兩個小萌物。」配圖是他女朋友珂珂和一隻小萌寵，整篇都散發著一種甜而不膩的可愛。

儘管這已經是林然這個連假發的第三則曬恩愛的動態消息了，但卻沒有那種很讓人很煩的感覺。他上一則發文是他女朋友替他化妝的小短片，他一臉寵溺地看著珂珂在他臉上畫來畫去的，那疼愛的眼神藏不住他內心的歡喜。

但其實在一年前，林然還沒有和珂珂在一起的時候，林然的社群帳號除了一些風景遊客照和偶爾燈紅酒綠的夜景，沒有任何一條和他感情生活有關的動態，不是那時的林然沒有女朋友，像林然這樣人帥又多金的富二代，身邊從來不缺女生，自然，戀愛也是一段接一段的。

我認識林然有四年了，在過去的四年裡，他的動態消息裡只出現過一個女孩子，是一個長相看起來就有些尖酸刻薄的女生，但那則動態發出去後，半個小時後就被刪掉了。

那時我問過林然：「為什麼曬恩愛的照片發完後就秒刪了？」林然嘆了口氣跟我說：「都是她逼我發的，我不太喜歡把感情生活帶到網路上，戀愛是兩個人談的，沒必要秀給別人看，秀多了反而會讓人覺得矯情，還有些厭煩，但不秀的話她又生氣，還得花時間哄她，所以沒辦法就敷衍一下了。」

逼著男朋友在社群網站上發文曬恩愛的戀情顯然是不會長久的，沒多久林然就和那個天天逼他曬恩愛的女朋友分手了。

後來，林然遇到了珂珂。

記得林然跟我說過，他們兩個人第一次約會的時候，是個冬天，他本想帶珂珂去一家日本料理店吃晚飯，結果到了店裡，店員說人太多了，要等一個小時才能輪到他們。於是珂珂就拉著他走，說她知道一家很好吃的店，不用排隊，還很浪漫。

後來，珂珂就把他帶到她學校門口的一家路邊關東煮，他看到眼前一群人圍著爐子邊吃熱氣騰騰的一串串關東煮，邊吃邊聊，滾滾的蒸氣和呼出的熱氣交融在一起，格外有氣氛。

但他還是不確定地問了一下珂珂：「你確定是在這吃嗎？」

珂珂一邊推著林然坐在人群中，一邊跟老闆打招呼：「老闆，我們兩位。」又像個孩子一樣開心地笑著跟他說：「這個真的很好吃，一般人我都不帶來呢，他們家的沾醬是獨家祕方，別家沒有，你一定會喜歡。」

不一會兒沾醬上來了，珂珂吃得可愛，像個寶寶，滿嘴都是油料，林然也是，那是他第一次覺得原來路邊攤也可以吃得這麼開心。

兩人吃完後，珂珂挽著林然的手走在學校操場上，摸著圓鼓鼓的肚子說著：「吃得好飽啊，開心！」還打了個飽嗝。林然頓時覺得眼前的這個女孩可愛到他了。

那晚，林然在社群網站上發了張他偷拍的珂珂滿嘴是油料的照片，配文：「有你的畫面都很可愛。」其實哪裡是珂珂可愛啊，只是喜歡一個人的時候，她的樣子在你眼裡都好看。

隨後的日子裡，林然經常在社群網站上發一些他和珂珂兩人一起爬山看日出、海邊散步、逛夜市的照片，每一張都充滿了甜甜的愛。

那個從不在網路上曬恩愛的男孩子，突然秀起自己的女朋友來，看著還著實讓人有些歡喜。

林然在社群網站上洗版似地曬起了恩愛，不免讓很多人產生了好奇，那個夜店小王子怎麼也可以和女生一起逛夜市吃路邊攤了呢？

就連林然自己都覺得有些不可思議，是什麼突然改變了他？但每次他想到這些問題時，再看看旁邊那個眨著眼睛嚷嚷著要吃路邊關東煮的姑娘，他突然有一種滿足的幸福感。

記得以前林然跟我說過，他有很多前女友，甚至從不缺女朋友，但那些女生實在太直接，我喜歡你的錢，我喜歡你送我的包，我喜歡你帥氣的臉蛋，我喜歡你為我刷卡買單。唯獨珂珂不一樣，她喜歡的是林然的這個人，喜歡的是愛情，甚至珂珂讓林然真的感受到了愛情最本真的樣子。

那時我才明白，林然之前不曬恩愛，無非是自己對過往的那些前女友不夠喜歡，如果真的喜歡一個人是藏不住的，大家都有一顆想炫耀的心，恨不得讓所有人都知道，快看啊，這是我愛的人啊，而隱瞞不過是在給自己留退路。

後來三個月前，在珂珂畢業那天，林然高調地在珂珂的畢業典禮上向她求了婚，隔天就帶珂珂去拍了婚紗照，在網路上高調地秀了起來，彷彿在向全世界宣告，這是我最愛的人，我們要在一起一輩子。

我有的時候也會問自己，為什麼需要男朋友在社群網站上發我的照片，或是即便不發照片，也希望他的發文有那麼一兩則關於我的文字。

其實答案很簡單，社群網站就是一個小型的社交圈子，那裡面有家人、朋友、老闆、同事，他在那裡發我的照片，或是提到我，就好像是他帶我去見了他朋友一樣，是認真和我談戀愛的，是把我當作他心尖尖上的人。

很多女生應該都有著和我一樣的想法，愛情裡是真的需要這樣的儀式感的。

所以後來我做了一個關於「男生為什麼不曬恩愛？」的調查。

我問過很多男性朋友，問他們這個世界上真的有不會曬恩愛的男朋友嗎？他們給我的答案都是否定的，沒有的，真的沒有的，每個男生都有一顆想要炫耀的心。

再問及他們為什麼有女朋友卻不曬恩愛時，他們吞吞吐吐地承認：「大概是不夠喜歡吧。」

就像林然一樣，他之所以會曬恩愛只是因為珂珂可愛嗎？珂珂是真的很可愛嗎？也不是，她的那些小可愛在其他人眼裡，不過是再平常不過的事而已。真正可愛的是林然覺得她可愛，是林然想炫耀。

這世界上沒有不會曬恩愛的男朋友，只有那個人還沒愛到讓他想曬的地步而已。一段感情中，如果男生曬恩愛了，那真的就很讓人羨慕了。

最後想說，曬恩愛是一個男人在戀愛中的義務和責任，不接受反駁。

好的愛情
會讓你變成孩子

寫這篇文的時候，我剛在網路上看了綜藝節目《快樂大本營》的一段影片，是主持人謝娜和張杰十周年時，謝娜寫給張杰的一封信。

一字一句地聽謝娜帶著滿臉的幸福讀完那封信，她讀信的樣子看起來好像是個十八歲的小女孩，話語平淡卻字字飽含真情，尤其是最後那句：「有的時候我就在想，如果沒有你，我會是怎樣的自己，也許我還是可以在舞臺上嘻嘻哈哈，但是能讓我每天醒來就面帶笑意的，只有你。」

我從心底裡覺得謝娜讀最後那句話的時候，簡直就是掉進蜜罐被寵上天的小女孩呀，那份羞澀的幸福藏不住地展露出來，可愛極了。我看到底下留言很多人都在說，喜歡你笑得像個小孩。大概這就是遇到了愛情，遇到了對的人的樣子吧。

說到像個孩子，我不由地想起來了赫哥他女朋友渺渺跟我說的一段話：「你看他外表高冷成熟，辦事有條不紊，在社團、班級裡都像個領導者一樣負責各種活動，可是他在我面前真的就像是個孩子一樣，吵架了會抱著我哭，工作讀書上受了委屈會在我面前撒嬌，要我安慰他，簡直就是一個小孩。」

說真的，我認識赫哥蠻長時間，快七年了，我印象中的他一直都是一個嚴肅的班長，從高中到大學，他在同學和朋友面前所展現的都是自信和優秀的一面，我很少看到他慌亂的樣子。

赫哥可以說得上是那種天生優秀，自帶吸引各種女生體質的人，追他的女孩並不少，但我覺得唯一讓他心動的也只有他現在的這個女朋友了。

我印象中的赫哥很低調，他不喜歡在社群網站上發文，偶爾的幾則發文也是跟工作跟學校有關的，但自從他交了這個女朋友後，他發文的頻率明顯提高了十倍，而且每則內容幾乎都是他女朋友，我沒有覺得他突如其來的曬恩愛讓人反感，反而覺得他真的就像是小孩子得到了一塊糖，忍不住想要拿出來炫耀一番一樣。

大學的時候，我跟渺渺住在同一棟宿舍大樓，我經常能看到她抱著一堆赫哥的衣服去洗衣間，親自替赫哥手洗衣服。

那時候，我總是跟她說：「你可別太寵他，會寵出毛病的。」

渺渺卻笑著跟我說：「談戀愛不就是彼此相互寵著嗎？他在外人面前寵我寵得像個小公主一樣，滿足我所有的少女心，那我一定也要在這些小事上寵著他啊。」

後來大四的時候，赫哥去外地實習，記得那天，他凌晨剛到實習的地方，發了這樣一則動態：「之前你跟我說，什麼行李都不用我收拾了，我就挑幾件衣服就行，然後我也就沒操心，剛才到了宿舍打開行李箱後，彷彿像是打開了一個百寶箱，你害怕我分不出洗面乳、沐浴露、洗髮露，就在每一個分裝瓶上貼了小標籤，還提前買好了一堆生活用品幫我寄到宿舍，你讓我在這個陌生的城市感受到了家的溫暖，有你真好。」

配圖是擺在床上的一堆分裝瓶和一大袋子的生活用品，每一個小瓶子上面都仔細地貼上了標籤。看完那則發文，我羨慕了好久，我知道渺渺真的是把赫哥寵得像個孩子一樣，我也好想要一個像渺渺一樣的女朋友啊，哦，不，男朋友。

所以，我很認同那句話：「我們在喜歡的人面前都像個小孩子。」

在我的觀念裡，如果我喜歡的男生，他在我面前像個孩子一樣可愛撒嬌，我會特別開心，因為我敢肯定他也是喜歡我的。

可是偏偏就會有男生覺得，他們的女朋友像個小孩一樣的時候很幼稚很煩人。

前幾天高中的一個好朋友跟我抱怨，她男朋友嫌她幼稚，嫌她給他的生日禮物是一本親手做的相簿，說是看起來像國中小孩準備的生日禮物。

朋友委屈地跟我說，那個禮物她準備了一個多月，相簿的每一頁都是她精心做的，就連上面的情話都是她花了很大工夫去寫的，每一句都是發自肺腑想說給他聽的。

朋友都快哭了，她跟我抱怨：「他為什麼覺得我幼稚啊，我花了那麼多心思，本來以為他會很喜歡，現在弄得我很委屈。」

聽完後搞得我也很委屈，送親手做的相簿怎麼會幼稚啊，我也送過相簿給男朋友啊，這難道不是一份很用心的禮物嗎？到底是我們的審美觀出了問題還是真的很幼稚？

這就很像前幾天吵得沸沸揚揚的話題，過情人節買一千塊錢以內的禮物給女朋友，被人吐槽：「這樣的男朋友不分手留著過年嗎？送什麼幾百塊的禮物啊，勸你送她自由。」

我不想去評價和輸出任何的觀點，只是想說，在面對十萬塊的Chanel的包和一千塊的手工相簿，我會毫不猶豫地選後者，不是不喜歡昂貴的禮物，只是相比起來，我更喜歡那一顆真心。

後來朋友繼續和我說：「你知道嗎？不單單送禮物這一件事，其他很多時候他也都嫌我煩，嫌我總是黏著他，嫌我不善解人意，不給他空間，還說我談戀愛之前不是這樣的，真的超難過，要怎麼辦啊？」

不由地讓我想起很久之前在網上看到的一段文字：「你應該找這樣一個女朋友，她不會吃醋，不會無理取鬧，你不關心她也無所謂，重要的是你去撩別的女孩她也不生氣不過問，你愛自由她就給你自由，想要多大空間都可以，懂事，大氣，多好啊，而且她最大的優點就是不愛你。」

是啊，不是都說嘛，女人最迷人的時候就是她不愛你的時候，她會在你面前表現出你所謂的幼稚，都是因為她愛你啊，她展現出來的都是最真實的自己，她要不是因為喜歡你，真的會比你媽還要成熟。

熟悉我的朋友都知道，我總是會在各種簡介裡，寫上「你不在的時候，我都在忙著長大」。的確，我真的在努力地忙著長大，因為在那個人沒來之前，我要活成自己的英雄，做自己的靠山。

可是，我經常問自己，我是真的想長大嗎？我幾次給出的答案都是否定的，我不想長大，一點都不想，我也想像個孩子一樣，被寵上天，無憂無慮、快快樂樂地生活著。

所以，我和你們一樣，在期待著遇見好的愛情和對的人，然後變成小孩子。

別怕，我們都會遇見的，對嗎？

我可以很喜歡你，也可以沒有你

我們總是說自己害怕失戀，
害怕離家，害怕說再見，
說到底，不是因為我們真的有多害怕分別，
而是我們害怕那種有人陪的狀態被打破，
害怕一個人。

我愛了七年的男孩
明天就要娶別人了

…

很早之前在網路上看到一個故事，故事的標題是「我們在一起九年，分開兩年，今天他結婚了」。

故事講的是一個男孩和一個女孩談戀愛，兩個人十五歲的時候在一起了，二十四歲時分手，分手兩年後男孩結婚了。

女孩在得知男孩要結婚的消息後，用陌生的號碼撥通了那個兩年沒敢打過去的電話。電話接通後，女孩一直沉默著，而電話那頭卻傳來了熟悉的聲音：「你最近還好嗎？」女孩哭了。

分開了兩年，男孩還是像以前一樣，總能知道陌生的號碼是女孩打給他的電話，就像他們高中時一樣，有一次兩個人吵架，是女孩的錯，可是愛面子的女孩又拉不下臉來向男孩道歉，就用公共電話打給男孩。電話接通後，兩個人一直沉默著，沉默了很久之後男孩笑了，說：「好啦，我原諒你了。」

想到這，女孩趕忙回答：「我很好，你呢？」男孩還沒有來得及說話，只聽到電話那邊傳來了一陣嘈雜的聲音，依稀聽到有人說：「你們是要藍色的氣球還是白色的？」還有人扯著很大的嗓門說：「過兩天就要結婚了，你還打什麼電話啊，快點過來陪你老婆啊。」

女孩聽到這兒，掛了電話，關機了。

她想，他現在應該過得很幸福吧，我不應該再這樣打擾他。其實心裡卻很想知道，那天她掛了電話之後，男孩有沒有再打過來。

到了婚禮的那一天，女孩本來不想去婚禮現場，可是最後還是沒忍住，拉著閨密一起去了。

女孩看見他和新娘子站在門口迎賓，笑得很燦爛，他一直緊緊地摟著新娘子的腰。當看到女孩走過去的時候，男孩愣了一下，摟著新娘的手鬆了，接著又摟緊了。女孩很想問問他是什麼意思，是在表達他對新娘濃濃的愛嗎？

可是女孩沒有說話，笑著說了句恭喜，就走了進去，男孩沒有說話。

進了大廳後，男孩的爸爸媽媽一直盯著女孩，怕她鬧事。而男孩的親妹妹突然跑過來，朝女孩脆生生地喊了一聲嫂子。

男孩的爸爸媽媽臉色立刻變了，把小女孩拉過去教訓了一頓。小女孩扭頭看了看女孩，做了個鬼臉，對女孩說：「嫂子，你要堅強一點。」

後來在婚宴上，男孩在說我願意之前，下意識地看了女孩一眼。女孩拿起酒杯朝他祝了祝，男孩回過頭去大聲地說了「我願意」。

女孩心裡想著，真好啊，一切都和我們以前想像的一樣，這般美好，只是主角不是我。

在我以看客的身分讀完這個故事，又以我的角度記錄下這個故事時，我已經是淚流滿面了。我從不敢想像，這樣心酸的故事，有一天會在我身邊真實地發生著。

我有一個非常要好的閨密叫子桐，在大一的時候和談了七年的男朋友分手了。你們一定會很驚訝，七年的感情怎麼就能輕易分手，一開始我也很不理解，究竟是什麼能讓她放下這七年。

子桐剛和她男朋友在一起的時候年紀還很小，大概也就十三四歲的樣子，男生是一個小混混，因為年少不懂事，兩個人誤打誤撞地撞在了一起，卻沒想到就這樣在一起七年。這七年間，子桐的爸媽因為她和那個男生談戀愛，不止一次打她罵她，可是子桐還是任性地和那個男生在一起。

記得子桐跟我說當初因為她談戀愛，她媽媽都想過要和她斷絕母女關係，把她趕出家門。子桐也因此賭氣一個人跑出去喝酒喝得膽汁都快要吐了出來，她媽媽心疼地伺候了她一整晚，最後拿她沒辦法，子桐是鐵了心要和那個男生在一起。

後來子桐上了大學，男孩不遠千里陪她到外地上學，一開始我以為男孩也是我們學校的，兩個人有幸考上同一所大學，我羨慕得很。之後才得知，男孩高中的時候就輟學了，他是專程來陪子桐上學的。

後來有一次他們兩個人吵架了，男孩坐了兩個多小時的公車跑來我們學校和子桐道歉，而子桐卻不想見他，硬是拉著我，要我和她一起藏起來，不要被他看到。最後我還是偷偷跑了出去，見了男孩。男孩問了我半天，問我子桐在哪兒，我一開始吞吞吐吐的，不想出賣她，後來看到男孩急得不像樣子，我才告訴了他。

結果兩個人一見面，男孩立馬把子桐抱在了懷裡。而子桐像個小女孩似的，一邊哭著用拳頭打男孩，一邊笑得像朵花一樣，兩個人立刻就和好了，在一旁的我著實覺得自己像一個一千多瓦的電燈泡。

再後來，我似乎知道了他們兩個人的吵架套路，通常子桐生氣了，無論是在哪兒，只要男孩在子桐身邊，他會二話不說背起子桐，不管周圍有多少人，男孩從來都不會在乎面子，他只是希望她能開心。

但是來到大學所在城市後，男孩並沒有去找工作或者是兼職，而是整天待在網咖打遊戲，子桐放假了，他就來我們學校找子桐玩，好像他的任務就是和子桐談戀愛，其他的什麼都不用做。一開始，子桐覺得男生都愛玩都愛打遊戲，可以理解。可是男孩呢，打遊戲的狀態持續了半年多。

子桐開始勸男孩去找工作，男孩總是嘴上答應著，可是沒有任何實際行動，可能是男孩覺得自己家裡蠻有錢，還是可以玩幾年的。

大一寒假，子桐說和他分手了，我開玩笑地說：「這真的是七年之癢嗎？」沒想到子桐卻很嚴肅地說：「在他身上我看不到任何未來，看不到他在為我們兩個人努力，我還在上學，他已經步入社會，兩個人的世界觀和價值觀已經慢慢變得不同，共同的話題也越來越少，我們剩下的只是無休止的爭吵。」

就這樣，兩個人分開了。

沒有人會輕易捨得放棄一段感情，儘管後來男孩傳了很多挽留的訊息，子桐一則都沒有回覆，而且是看都不看就刪除了。記得有一次我和子桐在逛街，正巧男孩發簡訊給她，子桐都沒有點開那則簡訊，直接按下了刪除鍵，緊接著跟我說：「其實我一個人的時候也會想起他，想起之前快樂的日子，但更喜歡現在，沒有他，我爸媽很開心，這就夠了。」

他們分開後，男孩就又回到了家鄉。那時男孩還有我的聯繫方式，有一次男孩打電話給我，要我把子桐的銀行帳號傳給他，他說他找到了一份工作，他希望能把第一個月的薪水給她，畢竟這是他的第一份薪水，還要我別告訴子桐這件事。

後來歷經幾番波折我也沒有拿到子桐的銀行帳號，沒辦法，我直接問子桐帳號，卻沒想到被她套出來了，後來子桐很明白地和我說：「如果你敢告訴他我的帳號，我們就不再是朋友了。」然後她奪過我的手機，把男孩的所有聯繫方式都刪了，也就是從那之後，男孩好像真的死了心。

再之後，我不敢再在子桐面前提到那個男孩，子桐也很少在我面前提到他，她似乎想讓所有人都知道她忘了他，但也提過一兩次，可是她每一次提起他，都讓我記憶深刻。

他們分開後，子桐第一次和我提起他是在二〇一四年的光棍節，那時是他們分開後的第十個月，那年光棍節正巧也是我和徐先生分開後的第一個光棍節。

那天我心情很不好，子桐突然傳訊息給我，她說：「晚上我們出去喝酒吧，我知道你心情也不好，不管你想不想喝，就當是陪我吧，這也是我這麼多年第一次過光棍節，我想紀念一下。」

我回她：「好。」

那天晚上，我們兩個人喝了好多好多的酒，但子桐沒有和我提半個關於她前男友的字，但我知道其實她心裡是很想他的，只是不想說出來，怕大家覺得她很脆弱。

那是我倆第一次那麼正經八百地過光棍節。

子桐再一次和我提起他的時候，是在前幾天，距離他們分手已經過了兩年多。緣由還得從社群網站說起，前兩天中午，子桐發了這樣一則貼文，她說：「得知了一件不開心的事，後天上午九點想出去玩，求帶。」

看到那則貼文時，我正和她聊天呢，我好奇地問她：「你怎麼了，你知道了什麼不開心的事啊？」

她說：「哎呀，沒事，就是有一點不開心，想出去玩。」

一聽她那麼說我就知道，她肯定有什麼心事不想說，我不厭其煩地問她：「你到底怎麼了啊，快點和我說說。」

她還是堅持說：「我就不能有點小情緒，小秘密啦？」

最後，在我的再三逼問下，她還是告訴了我。她說：「後天他就要結婚了，我剛剛在社群網站上無意間看到了朋友轉發他們的喜帖。」

我突然就沉默了，原來電視劇裡的情節真的會在生活中發生，又立刻回過神來安慰她說：「其實，你也知道這是早晚的事，那天你想去哪玩，我帶你去。」

子桐很平靜地說：「也是啊，這是早晚的事，我只是有點不開心。」

後來真的到了這一天，我早早地就和她說：「你想去哪玩，我陪你啊。」

她卻說：「不去了，外面太冷了，明天就考試了，我要念書，不玩了。」

我也沒再追問，直到晚上，她突然和我說：「我們晚上出去吃飯吧。」

我一邊玩著手機，一邊說：「好。」

子桐反問我：「你怎麼這麼快就答應了？連思考都不思考一下。」

我沒說話，因為我猜到了，她憋了一整天，肯定不開心。

接著子桐又說：「嗯……我還想去做個頭髮。」

「行，今天做什麼都行，我都陪你。」我爽快地回答著。

後來我們找了一家酒吧，一邊聽著歌，一邊喝酒，很奇怪，那晚上唱的歌都格外走心，全場都嗨爆了。

回來的路上，她說：「如果不是因為明天有個考試，今天肯定得喝多。」關於他，她始終隻字未提。

其實她已經喝得有點多了，在計程車上衝著司機叫哥們兒，回來後她去洗手間吐了兩次。我看著她難受的樣子著實心疼，我想她是連她的委屈和她對他的愛都一併吐了出來吧。

還好她沒有像前面提到的那個故事中的女孩一樣，去參加前任的婚禮，也許是因為太遠吧，兩千多公里的距離，但如果想飛過去也不是不可能，只是我知道理性的她不會那麼做。

我一直都記得曾經有個朋友和我說：「如果以後我和我男朋友分手了，我們倆約好，無論誰先結婚，婚禮那天都要去現場把那個人搶走，因為那是我們最後一次為愛情努力。」

我最初聽到朋友那麼說的時候，覺得這樣不顧一切愛著對方，真好啊。可是如今再回想起那段話，我卻覺得，如果真的那樣做了，真的是對愛情太不負責了。愛情或許是自私的，但卻也承載了很多，尤其是當有一方已經決定要舉行婚禮了，而且要和另一個人攜手走一生了，那麼這份愛情承載的就是兩個家庭和兩個人的未來，沒有任何一個人有權利去破壞它。

寫完子桐的故事，我突然想起來，高中時有一個關係要好的女同學，有一天，我看到她在社群網站上發了這樣一句話，她說：「那個曾經說愛我一輩子的男孩，明天就要和別人結婚了。」

我看到那句話時，愣了很久，想起來應該是國中時和她在一起的那個男生要和別人結婚了吧，回想起他們曾經的甜蜜，突然覺得這句話像針一樣，讀起來都會隱隱作痛。

我不知道這樣突如其來的消息，會讓人到底有多難過，但是從那幾個突兀的字眼中，我似乎就能感受到這份悲傷。

也許很多人都已經經歷了這樣的難過，又或許有的人這一輩子都不會經歷這樣的辛酸苦楚，也可能沒過多久我也會有這樣的經歷，我想現在再多的感同身受都及不上真正的親身經歷吧，那樣的痛楚，大概也只有經歷過的人才懂。

突然，又想起陳學冬的那首〈不再見〉：「原諒捧花的我盛裝出席，只為錯過你。」

訊息要發給會回覆的人

凌晨兩點，阿正在社群網站上發了一張簡訊截圖，上面密密麻麻地寫著：我想你了／早安／晚安／你看到加好友通知了嗎／能不能加我一下／你最近還好嗎／天冷晚上睡覺蓋好被子。然而這些暖心的話，沒有收到任何一個字的回應，甚至連一個標點符號都沒有收到。

發信人是阿正，收信人是誰我就不知道了，但我猜一定是他喜歡的人，因為截圖上的收信人的名稱是一顆紅心，現在這年頭大家都喜歡替自己喜歡的人改名稱，我見過很多人替自己愛人改的名稱都是一顆心，就好像是我這顆完整的心都是你的。

我心疼地按了個讚，十秒鐘之後阿正找我：「貓，在嗎？」

本來我是打算看完這波社群網站上的發文就扔掉手機睡覺的，都怪自己手賤地按了個讚，總不能剛讚完就消失吧，於是硬著頭皮回覆阿正：「怎麼了？」

「貓，你說，一直主動對一個人好，而那個人又沒有回應，會不會很累啊？」

「你說廢話呢，能不累嗎？連一點回應都沒有。」

我之前認識的阿正可是我們一群朋友當中出了名的高傲冷漠，拒絕過無數女孩，也從不矯情，一個典型沒心沒肺沉浸在自我世界裡的花花公子啊，而且還是大家口中浪得虛名的射手座啊，想到這，我那八卦之心就上來了，也顧不上那勉強睜開的眼睛了，立刻反問阿正：「什麼情況？你不會是喜歡上了誰吧？你這萬年鐵樹也開花了？」

「你就別提了，我最近好像真是喜歡上了一個女生，本來還聊得蠻不錯的，後來我跟她表白了，她也沒拒絕，還說蠻喜歡我的。」

「那很好啊，你在這瞎矯情什麼？」

「什麼嘛，在一起沒多久她就不怎麼理我了，還把我社群帳號刪好友了，我都不知道怎麼回事，是我哪做錯了？招惹她了？還是因為什麼啊？」

「她長得漂亮嗎？」我這八卦之心還沒退下去。

「漂亮吧，我也沒見過，只看過照片，蠻好看的。」

「媽呀，大哥，這什麼時代了，你怎麼還網戀？」我越說越無力。

「哎，你幫我分析一下這是什麼情況，或者你幫我問問她，為什麼突然不理我了？」

「不是，等等，我又不認識她，怎麼幫你問？」

「我給你她的帳號你加她，她是個在社群網站上賣衣服的小網紅，你加她，她一定會同意的。」

「好吧，我明天再加她，今天這麼晚了，趕快睡吧，你失戀就不用上班了嗎？明早起得來嗎？」我睏得眼淚都流出來了。

「好喔，明天等你回話。」

果不其然，第二天他女朋友沒多久就接受了我的好友申請。

我翻了翻她的帳號，還真是個長得蠻漂亮的女生，和網紅臉還是有點區別的，看上去應該是微整了，但還算有特色，不撞臉。我翻了沒幾則就看到一則發文，是一套情侶裝的宣傳圖，女生是她，男生是誰我就不知道了，照片裡兩個人舉止還挺親密的，看上去不太像擺拍。

考驗我演技的時候到了，我悄悄地私訊她：「小姐姐，我看你前天發的一套情侶裝照片好漂亮啊，好喜歡，問一下價格是多少，想買！」

小姐姐很快回我，價格也不貴，為了演得真一點，我還真買了兩件，真可謂是為了朋友出賣自己的喜好，因為我壓根就不喜歡她家衣服的風格。

付完錢後，我不能做賠本的買賣啊，趕緊問她：「小姐姐，圖片上那個男模穿上這件衣服好好看啊，他長得好帥，是你男朋友嗎？」

她秒回我：「是啊是啊，是我男朋友。」

果然女人的第六感準得可怕，我氣得快要炸毛了，彷彿被出軌的人是我，急得我直接問她：「他是你男朋友，那阿正呢，你把他當什麼了？」

「你是誰啊？阿正是誰啊？哦，那個傻小子啊，我本來就有男朋友啊，只不過那段時間我們在吵架，就跟他曖昧了幾天，現在我跟我男朋友和好了，我男朋友看不慣就把他刪了，你要是他朋友的話就告訴他，別再傳訊息給我了，再傳就封鎖了。」她把事情的前因後果都說了出來。

我忍不住想要罵她，畢竟我不能眼看著朋友吃虧啊，剛傳過去一句：「這年頭渣女挺多啊，你這樣的我還是頭一次見到。」再傳第二句的時候，訊息已經被拒收了，是的，我被封鎖了。

本來我還想著怎麼騙騙阿正，不忍心給他這麼大的打擊，後來想一想我還花了錢買衣服，不能忍，直接把聊天截圖傳過去給他，順手又發了一句：「這下死心了吧？」

阿正真不愧是射手座的，直接給了我一句：「還再發就封鎖，我先把她封鎖了。」

「哎，你死心得可真快啊，佩服佩服。」我笑著傳訊息給阿正。

「好歹我也是被那麼多女生追過的人啊，還是見過點世面的，早知道她是這樣的人，我從一開始就不理她了。」隨後轉了買衣服的錢給我。

我沒收他的錢，跟他說：「這錢我就不要了啊，衣服是我買的，雖然我也不喜歡，但花這錢幫你長見識我還是蠻開心的，這錢沒白花！還有啊，記住了啊，以後別傳訊息給那些不會回你的人了，累不累啊。」

後來，果真那個小姐姐沒寄那兩件衣服給我，我倒不是很想要那兩件衣服，畢竟那麼醜，只是覺得做人做到這種地步，除了渣沒有別的詞可以來形容了。

說起不回訊息這件事，我還遇過一次。

有一段時間家裡的網路不穩，逼得我不得不出去寫稿，那天是週五，大概下午六點多的時候我一個人抱著電腦跑去社區旁邊的商場，那天人出奇的多，星巴克滿座，我晃晃悠悠地去了地下一樓，在肯德基轉了一圈後，發現所有桌子都被占了，我看了一下，看到角落裡有個女生坐在那玩手機，一個人占了四個人的座，還沒點吃的，我就跑過去問她：「我可以坐在旁邊嗎？」她沒說話，也沒抬頭，只顧著玩手機，點了點頭，我就坐下了。

我真是太熱愛工作了，寫稿心切，沒一會兒敲完了一篇文章，倚在座位上伸了伸腰長舒了一口氣，轉頭想跟旁邊的女生說：「幫我看一下電腦，我去點些吃的。」話還沒說出口，眼睛先掃到了她的手機螢幕。

我看著她在螢幕上反反覆覆敲下一些字，又刪掉，又敲，又刪，就是遲遲不肯發。再看看前面她發的好幾句「在嗎」，都沒有回應，我猜都不用猜，她發訊息的那個人不是她男朋友就是她喜歡的人。我突然有點心疼眼前這個女生了。

後來我抱著電腦起身回家了，走到櫃台點了杯喝的給那個女生，替她送了過去，我沒有問她發生什麼了，畢竟偷看別人聊天還是不太好，只是笑了笑和她說了聲：「祝你有個好心情。」

回到家後，我反反覆覆地想剛剛那個畫面，忍不住問朋友：「這世界上為什麼有那麼多人不愛回別人訊息啊？」

朋友跟我說：「其實這個問題可以換一種角度來想，比如你是那個收到訊息的人，你根本就不喜歡發訊息給你的人，甚至可以說得上有一點討厭了，那麼你會回嗎？這個時候，他發來的訊息對於你來說可能就是一種壓力，你很可能連看都不看的就把他發來的訊息刪了，根本就不會去想對方是什麼心情。」

聽完朋友的換位思考後，我茅塞頓開，但還是覺得不回訊息這種事不太禮貌，畢竟我是知道等人回訊息的那種心情啊。

不知道你是不是也有這樣的時候。

你會一次一次地打開和他的對話方塊，把想對他說的話寫了又刪，
卻始終沒有勇氣發出去；你會有一千次想念他的衝動，
卻會在第一千零一次的時候裝出漫不經心的樣子卻又小心翼翼地去詢問他的現狀，
換來的卻是無盡的等待；你會滿心歡喜地告訴他你生活中的趣事，
而他卻惜字如金的回你一句：「哦。」

於是啊，你總是用他在忙，沒時間看手機這樣的理由來安慰自己，
你開始不停地尋找很多藉口，為自己的等待找許許多多的理由。
可是你明明知道只不過是一場空歡喜，卻還是不肯轉身離開。

其實我們都知道，在成年人的感情世界裡，沒有回應就等同於拒絕，這世界上沒有人真的忙到看不到你的訊息，只不過是你在他心中的位置渺小到他可以視而不見，不是說嗎，沒有發不出去的訊息，只有不想回的訊息。

之前網路上有這樣一段話：「范冰冰那麼忙都有時間談戀愛，Angelababy 那麼多通告都有時間結婚，你連個回訊息的時間都沒有，我想你應該是選總統去了。」

所以啊，你何必不厭其煩地等那個人的消息呢？他沒瞎，你發的訊息他都能看見，就是不想回而已，因為在他心裡你不是那個重要的人，能不能別去打擾他了，讓自己覺得感動，讓別人覺得困擾。

不得不承認，每個人身上都有那麼一點點劣根性，對得不到的東西總是有著莫名的執念，就非要喜歡那些不喜歡你的人，人家越是往後退，你越是往前追，就好像得不到的才是最好的。

我們以後終究會明白，因為他本身就不屬於你，就像我們很小的時候就知道，強摘的瓜不甜。

我們在喜歡一個人的時候，就會手機不離手，洗澡的時候也會悄悄留意他有沒有發來消息，睡覺的時候還會把聲音開到最大，總之生怕錯過那個人的消息。

可是，他的一句：「我去洗澡了，等一下再說。」等一下就再也沒有一下了，彷彿死在了浴室裡，他不會在乎你在等他，又或許他根本就沒去洗澡，只是隨便找了個說辭結束對話。

我們總說喜歡上一個人的第一表現是自卑，和他說話的時候會思前想後，字字斟酌，就連發一個表情都要找上半天，生怕哪一句話哪一個表情不對，讓他對你的好感下降。

可是我想說，好的感情是不需要討好的，真正舒服的相處模式是自然的，是不需要刻意營造的，更是不會讓你熬夜抱著手機等待，是有回應的。

所以啊，當我們付出了真心後沒有得到相應的回應，不如就此轉身吧，只有敢於放棄，才能遇見更好的人，我們只有一顆真心，不要等到它撞上南牆，傷痕累累的時候才知道要好好保護那顆心。

得不到的回應就適可而止吧，等不到的訊息就別等了。

別再去打擾那個不會回你訊息的人了，你要相信，終有一天，你會遇見屬於你的良人。

萬一我一輩子單身
怎麼辦？

很長的一段時間裡，我都在不停地問自己：「如果我一直單身該怎麼辦？」可是我真的找不到答案，總是被這個問題困擾著，煩惱得一整天都吃不下飯，也會在深夜的時候把臉往枕頭裡埋，然後告訴自己別著急，熬過這段日子就會遇見那個人了，可是當下的日子確實是孤獨的呀，確實是很難熬的呀，於是那滾燙的眼淚順著眼角一直往下滑，在我的白色枕頭上留下了很多我對愛情渴望的印記。

大學的時候，寢室裡有六個女生，五個單身，我們曾經一度嘲笑自己說：「我們寢室不適合談戀愛，也不需要有男人的生活。」就連我自己也一度認為，這個世界上一定有百分之八十的人是單身的，而且他們都活得很快樂。可是當我看到對面寢室所有的女生都有男朋友的時候，又會感覺自己先前的認知可能是錯誤的；當我閒來無聊讀朋友寫的自己的愛情故事時，又會覺得談戀愛原來是一件如此甜蜜的事啊，真想試一試。

我不是一個喜歡看小說的女生，可以說我天生就是對小說不感興趣的體質，所以至今我都體會不到身邊的女生通宵熬夜看小說的樂趣，也有很長一段時間不會去看任何小說改編的電視劇和電影。

直到三年前，我和徐先生分手，被朋友推薦了一部名字叫《何以笙簫默》的電視劇，最初聽到這個名字時，我真的是拒絕看的，很明顯的古風小說書名，並沒有多吸引我。可是朋友堅定地告訴我：「你真的需要看完這部劇！」

於是就抱著好奇心打開電腦找到了這部劇，讓影片隨意播放著，我趴在一邊隨意滑著我的手機，看著我的社群網站。直到我聽到那句「如果世界上曾經有那個人出現過，其他人都會變成將就，而我不願意將就」，我整個人像是被電流貫穿了一樣，立刻坐了起來，盯著螢幕認真看了起來。

看完整部劇後，我腦海裡留下的除了不可思議之外，就只剩下一個「甜」字。我一本正經地告訴朋友：「這個世界上不會有這種愛情的。」朋友回擊我說：「這部劇是改編自小說的。」我笑著說：「那更不可能存在這種愛情了。」朋友露出不服輸的樣子和我說：「小說都是源於生活的，難道不是嗎？」

我沒有再吭聲，可是隨著這兩年的變化，聽著身邊朋友的奇幻愛情故事，腦海裡浮現出當年朋友和我爭得面紅耳赤的樣子，又想起曾經國文課上老師說的，小說都是源於生活的，於是我也改變了我的認知，開始相信這個世界上的愛情都是美妙和不可思議的，我開始不停地問自己，我什麼時候才能遇到這樣的愛情呢？

可是，我一個人生活了兩年多，發現自己也慢慢適應了這樣的生活，也覺得單身好像真的沒什麼不好的。

我習慣了每天早上很早起床，伴隨著室友們熟睡的呼吸聲，盥洗，收拾東西，穿衣服，出門去湖邊大聲讀英文單詞，每天晚上睡前都會按計劃看書寫字，哪怕躲在黑夜裡對著電腦敲著鍵盤也覺得幸福。我並不覺得這是孤獨，反而怕有人來打破我堅持了這麼久的習慣，怕哪天突然有那麼一個人約我晚上去操場散心，占用我讀書寫字的時間，我覺得那樣會很不好。

我也習慣了週末偶爾和閨密逛個街，然後去吃那家想念了很久的餐廳，剩下的時間還可以一起喝個咖啡，一起八卦閒聊，然後看一場懸疑驚悚電影，雖然也會害怕，但卻不會像旁邊有男朋友一起陪看的女生嚇得撲到男朋友懷裡。

當然，出門旅行的時候，每次拖著需要兩個我才能提起的行李箱時，我都會在心裡想：要是有個男朋友就好了。可是這樣的想法轉瞬即逝，因為我知道自己已經能夠應付所有的事情了。

我能夠理智地對待從水龍頭側面噴出來的水，能一個人把從超市買來一星期的食材慢慢拎回家，能夠為自己做一頓簡單又美味的晚餐，也能在打雷閃電的時候淡定地帶上耳機聽歌，看劇。

其實，不是眞的習慣了，而是怕被別人看到自己的孤獨，
雖然可以盡最大的努力假裝自己一個人什麼都能行，
可心裡還是會期待累了的時候有個人能夠遞杯水給你。

記得劉同在《你的孤獨，雖敗猶榮》的序言裡寫：「從懼怕孤獨，到忍受孤獨，再到享受孤獨，對於野蠻生長的我們而言，也許不過是一場電影的時間，一瓶啤酒的時間，一次失戀癒合的時間。要相信這些年你都能一個人度過所有，當時你恐慌害怕的，最終會成為你面對這個世界的盔甲。」我習慣了一個人的生活之後，愈發贊同這句話，那些孤獨恐慌，都是我最寶貴的財富。

曾經有個朋友和我說過，她最害怕的兩個階段就是「從一個人過渡到兩個人和從兩個人過渡到一個人」。仔細想來也是，單身久了就很難適應另一個人闖入到你的生活中，戀愛久了也很難接受一個人的孤獨。

之前，我在網路上發表了一篇文章〈別著急，你會等到那個人的〉，沒多久收到了一個女生的留言，她說：「一直認為這不叫等，叫遇見，叫緣分，叫愛情。」看到那則留言我沉思了一會兒，覺得說得有幾分道理。

好像我們真的不能在原地一動不動地等著那個人，
我們應該先變得優秀一些，一步一步向那個對的人走過去，
那樣就能在他來擁抱你的時候，你也可以很自然地張開雙臂緊緊抱住他。

郭敬明在《小時代》裡寫：「你要相信世界上一定有你愛的人，無論你此刻正被光芒環繞被掌聲淹沒，還是當時你正孤獨地走在寒冷的街道上被大雨淋濕，無論是飄著小雪的清晨，還是被熱浪炙烤的黃昏，他一定會穿越這個世界上洶湧著的人群，他一定會走過他們，走向你。」

我總是說生活不是童話，我不是公主，也不會遇到童話裡的王子，可是卻仍舊幻想著有一天，他真的可以穿越洶湧的人群走到我身邊，他可以牽起我的手陪我過大大小小的節日，可以告訴我，你不必那麼用力地生活，因為有我在，我可以解決你生活中所有的煩惱和瑣事。正因為如此，所以我也在堅定不移地一步一步向他走過去，不知道遠方的他是否看到了我在人群中認真地向前走著。

如果現在有人問我，單身到底好不好，我會很堅定地告訴他，單身一點都不好，儘管經歷了那些孤獨後會讓你收獲一顆強大的心臟，但你依舊會渴望有那麼一個人溫柔地望著你。

那如果一直單身該怎麼辦？其實沒有別的辦法，也沒有不一樣的捷徑可以讓你快速擺脫單身，你能做的，只有慢慢變好，等他發現你，或是等你發現他。

記得以前看過一集綜藝節目，陳喬恩談到自己單身時說過這樣一句話，我很喜歡。她說：「可能上帝覺得這個女孩太特別了，一定要留一個特別的人給她。」

是啊，一定是因為上帝覺得你太特別了，所以想留一個最特別的人給你，就像好朋友糖糖經常和我說的：「我總覺得上帝一定是為你準備了一份大禮，所以他才來得慢了一些，不過沒關係，等他來了之後你把他打一頓就好了，誰叫他來得這麼慢啊。」

所以我堅信，那些單身的女生，總有一天會收到上帝為你們準備的大禮，等他來了，你們就可以一起看日出日落，一起看風景，一起旅行，一起逛街，一起散步，一起為未來努力，一起浪費時間，如果他還沒來的話，別著急，我們再等等。

因爲是大孩子了，
所以我們是不會和好的

昨天晚上睡前看了網友的發文，後來窩在被子裡，難受了好久。

有個女生說，她把自己最好的朋友封鎖了，她們認識了七八年了，她一直以來都把那個女孩當作最好的朋友，是那種什麼事情都會和她聊的朋友，開心的不開心的，討厭的喜歡的，都會和她講。

但那個女孩不是，很多話都對她閉口不提，卻會轉頭和其他人講。

有一次那個女孩說心情不好，她就出門去找女孩，到了後，那個女孩又對她說：「天太冷了，不想出門，你還是回去吧。」

也就是那個時候，她覺得，算了。

是啊，要是我，我也會說算了。

友情裡最讓人傷心的是，一個朋友在你這是最重要的，但是在她心中你卻只是站在最邊邊角角的位置上。

我是一個對朋友超級敏感的人，就是會從很細微的地方觀察到你是不是在真心和我交朋友，又或者，你是不是突然不喜歡我了。

這樣的敏感，也導致我愛恨分明，在我身上你真的很少能發現模稜兩可的感情。

就連喜歡明星也一樣，我特別喜歡的就兩個，井柏然和朱亞文，特別討厭的也有，但就沒有普通喜歡的，其他人都是無感，就真的非常分明。

小的時候，我爸就總說我：「你一旦認定了和誰做朋友，就恨不得把整顆心都掏給人家，但其實有些人並不會那樣對你，而你不喜歡的人，別人怎麼說都沒有用。」

即便如此，過了這麼多年，我還是沒有改掉這樣的性格。

白天和阿倉聊天的時候，我還問她：「愛恨分明好還是不好，是不是所有人都這樣。」她說：「大部分人是這樣的吧。」她也是，討厭一個人的時候，就很難再去喜歡。

就像很知名的那段話一樣：你喜歡的人，做了討厭的事情，你還是覺得蠻可愛的；你討厭的人，偶爾可愛一次，你想把他腦袋都削下來。

因為這樣的敏感，我太懂得在感情裡及時撤退這個道理了，
就是我一旦發現你有一丁點不喜歡我了，我便後退。

不是非要我們之間感情平等，
而是，經歷得多了之後，我更知道怎麼保護自己了。

我經常會倚在窗邊發呆，思索一些很奇怪的問題，例如，我總覺得自己是個矛盾體，敏感、虛偽、心軟又愛面子。

有的時候，我能很誠實地列出一堆，我很討厭卻又做過的一些事，每當這個時候，就格外討厭這樣的自己。

我是個沒朋友的人，從小到大，我對朋友的選擇都很挑剔，要長得好看的，要和我有相同喜好的，要話不多也不少的，要脾氣剛剛好的，總之條件列出來很苛刻，但我自己都不知道，為什麼會有如此說不清的要求。

所以，我的朋友真的很少，但每一個被我列入朋友範圍內的，我都會拿出百分之兩百的真心去對待，就像我爸說的一樣：「恨不得把整顆心都掏給人家。」

前幾週的某一天，早上坐車的時候，我也不知道什麼時候養成的習慣，不喜歡在車上看手機了，習慣靠在窗邊看來來往往車輛的穿梭。

有個朋友發來訊息，我到公司的時候才打開手機看到，剛倒了杯熱水，想著坐下來再回她的訊息，卻收到她的一句：「你現在都不秒回我了。」

我知道那是一句玩笑話，但卻真的讓我一時語塞。

我是那種經常秒回訊息的人，因為我體會過那種不被別人回覆訊息的痛苦，所以一直覺得秒回或及時回覆是對朋友的一種尊敬。

但想來，我和她的聊天，通常有百分之八十以上的對話是終止於她沒有再回我訊息，而且所有未被回覆的訊息，都不是以「我先去忙了」、「我去工作了」、「早點睡，晚安」這種對話結尾的，而是一些問句結束，明明我在等著她的回應，她卻早已關掉對話方塊把我拋到腦後。

這就是，為什麼我看到那句「你現在都不秒回我了」時語塞了。

突然想起之前在網路上看到的一句話：「有人找你幫忙，你幫他一次，他就會找你十次，並覺得理所當然，當有一天你不幫了，他便會忘記你幫過的十次。」

你的秒回變得理所當然，稍一疏忽回覆慢了，他便覺得你怠慢了他許多。

以前我總覺得我那個朋友很忙，要上課，要念書，要做實驗，是真的忙到忘記回訊息，所以我也從不會去問她：「你昨天為什麼沒有回我訊息？」

但後來，時間久了我發現並不是，她明明沒有那麼忙了，卻仍舊會不回我訊息。

有一次，在和她談論某件涉及我們兩個人切身利益的事情的時候，我提出了一個方案，問她可不可行，對話方塊那頭突然就沒了回應，我等了一下午，一個好的或是一句不好都沒有等到，甚至連一個標點符號都沒有。

後來晚上的時候，我下班了，她突然給我發訊息問我，路上路過超市，可不可以幫她買個東西。

我一時啞口無言，是怎麼做到一邊心安理得地不回我訊息，又一邊求我帶東西的呢，反正我是做不到。

上個月我過生日，生日當天，她就約我週末一起吃飯，我回她：「好呀。」並約好了週日一起吃飯。

到了週六中午，她發訊息問我：「晚上能一起吃飯嗎？」當時我晚上已經有約了，只好推辭說：「晚上不行耶，不是說好了明天一起吃的嗎？」

她回我：「好吧，那明天。」

我緊接著問她：「明天去哪吃？」

沒有回應了。

一直沒有回應。

直到週日下午四點多，她發訊息給我說：「我在某某地方，你過來吧。」緊接著又丟給我一個介紹餐廳的連結，跟我說：「在這家喔。」

該怎麼跟你們形容我當時炸掉的心呢？我住的地方離她說的那個地方大概有幾十公里吧，坐地鐵或者搭計程車過去，最快也要一個半小時，還不算我洗頭換衣服的時間，況且我當時真的以為她不回我訊息就是不約了，我在中午把晚飯都一起做好了。

我默默地回她：「我以為你沒回我訊息是沒想好在哪約就不約了，我晚飯都做好了，現在過去也得將近兩個小時，太久了，下次再約吧。」

她回我：「啊，我昨天沒回你消息嗎？我以為我回你了啊，不好意思啊，是我對不起你。」我真的隔著螢幕感受到了她的無辜。

可是，你不僅沒回我訊息啊，你還在社群網站上發了文，就算真的忘了回，那你今天出門的時候，也應該跟我說一下啊，而不是等你到了，再跟我說，你過來吧。況且，你發訊息給我的時候沒有看到上一則是我問你，我們要去哪裡嗎？這未免也太假了吧。

那之後，我就幾乎再沒有理過她了，我把她當好朋友，卻沒見過好朋友這樣欺負好朋友的。

我還沒有小氣到因為這點小事就不和她做朋友了，這些不過都是壓死駱駝的最後一根稻草罷了。

本來我們兩個人之前住在一起時交情蠻好的，後來我因為工作的關係不得不搬走，她很長一段時間就像消失了一樣，再也沒聯絡過我這個所謂的好朋友。結果忽然有天她發訊息給我：「在你社群專頁上推薦一下我好不好？」

這並不是第一次，之前住在一起的時候，她失戀，寫了一個失戀系列，求我每天轉發她的文章，這樣可以幫她增加粉絲。一個月時間增長了一千多個粉絲，甚至還因此接到了廣告，然而她除了一句「愛你哦，寶寶」以外什麼都沒和我說過，紅包●沒有，請吃飯沒有，甚至一句謝謝都沒有，彷彿我什麼都沒為她做過一樣。

朋友之間當然應該互相幫助互相提攜，但是總得明白，沒有任何幫助是無償的，哪怕是閨中密友。

我是真的缺幾百塊錢的紅包嗎？真的不缺，我缺的是那一句謝謝，是她對我們之間感情的認可和重視，但顯然她沒有。

我之前看一個KOL講到創業和人際關係的時候說：「感恩真的很重要，因為在這個社會上有很多人都是那種覺得別人做什麼都是理所應當，但其實，誰都不欠誰，沒有誰應該為誰傾情付出，所以一定要珍惜別人對你的一點一滴的好，而且有人給你遞過橄欖枝，你就一定要去回報他。」

●紅包：這裡指的是特定的社群網站擁有轉帳金錢的第三方支付制度，稱為發紅包，即將錢作為禮物送給家人和朋友。

深以為然。

和阿倉聊天，她和我說成人之間麻煩別人一定要用實質的利益來表達感謝，畢竟不是每個人都可以談感情的。

我是同意的，但其實對我來說，有時候哪怕不是什麼利益，只是「謝謝」這兩個字都能讓我覺得自己沒有被白白使用。

可是偏偏有人非常吝嗇這兩個字，或者投機取巧拿什麼「愛你哦」、「親一個」這樣的話來作為感謝，不好意思，我真的感受不到你的謝意。

以前一直覺得我一直抓著「我對你那麼好，幫了你那麼多，你卻理所應當地接受，絲毫沒有表示」不放，是不成熟，是年齡太小的表現。

但現在才覺得，真的不是這樣的。

朋友本來就是會把你幫助的點滴記在心裡的人，即便你很難幫到他，但他會讓你感覺到，他很感謝。

記得以前有同學和我說過，她和最好的閨密鬧僵了，就是因為她以前很包容閨密，那種有求必應的，但後來有一次吵架，她閨密和她說：「你為什麼不早點告訴我，你沒有辦法包容我一輩子。」就那一瞬間，她覺得那段感情走到頭了。

我們是大孩子了，吵架有了矛盾都是真心的，怎麼說呢，是在心中積壓了很多，也權衡了利弊之後才吵架的，就真的很難再和好了。

而小孩子不一樣，會因為一支棒棒糖吵架，也會因為一盒冰淇淋和好。但是我們都過了難過地坐在教室裡哭一整節課的年紀了。

我覺得大家都越來越懂得拿朋友換利益這個道理，所以我們為什麼還要傻傻地站在那裡任人宰割呢？別傻了，有的時候吃了大虧受了大的委屈，不是多麼糟糕的事，只是想讓你看清楚有些感情有多廉價罷了。

記住，真正的朋友從來不會為難你。

過了大半年之後，她留言給我說，她覺得是時候找我和好了，之前發生的那些事她也有錯，這一次她要主動向我邁出一步了。

我沒有回她訊息。

我承認，在過去的大半年時間裡，我每一次喝多了，都會躲在被子裡哭好久，甚至每一回在酒精的麻醉狀態中，我都會想到和她的那些事，我一直都覺得我們本不該是這樣的，但又不得不承認，是我當初看錯了人。

所以，那天我沒有回她的訊息，偷偷地寫了一篇文章，沒有提關於她的半個字，我委婉地告訴她，我們不可能再做朋友了。

我是一個會在一件事情上猶豫很久很久的人，我也知道在我開始猶豫的時候這件事就已經傷害到我了，這個很久是我在給自己和傷害到我的人或事的時間，一旦超過了這個期限，不好意思，我跑得比誰都快。

我們就那樣散了，以後應該也不會再有聯繫了。

我可以很喜歡你，
我也可以沒有你

有一天我無意間在網路上搜索「分手」這個詞，顯示出來的結果，是一億筆，龐大的資料讓我傻了眼，不過也是意料之中，畢竟分手這件事我們多多少少都經歷過。

其實要我說分手後最難的一件事，大概是從兩個人過渡到一個人，就像剛開始談戀愛的時候，我們很難從一個人過渡到兩個人。

人就是這樣，長時間待在同一環境同一狀態下，我們會不由自主地喜歡上那個狀態下的自己，其實也說不上是喜歡吧，只是習慣了待在那個特定的環境中，也習慣了自己一個人的生活，所以說當要把一個人變成兩個人的時候，真的很難，不過那個過程可能是快樂的，因為你會因為兩個人在一起時的甜蜜而感到開心，也會因為一點點小浪漫而欣喜，而真正難過的大概就是從兩個人過渡到一個人吧，從可以分享快樂到一個人忍受孤獨委屈，從「第二杯半價」到「對不起，我只要一杯」。

我們總是在說自己害怕失戀，害怕離家，害怕說再見，
說到底，不是因為我們真的有多害怕分別，
而是我們害怕那種有人陪的狀態被打破，害怕一個人。

我在大學的時候認識了一個學妹叫宇涵，她分手的時候哭了整整三天三夜，那段時間只要有人去安慰宇涵，她都會抱著別人說：「你說，我這輩子是不是都不會再遇到喜歡的人了？」

宇涵在剛上大學的時候就認識了鑫哥，他們兩個人第一次見面就喜歡上了彼此，後來互相表明心意後就順其自然地在一起了。

我們都知道，談戀愛在一起的時候是需要兩個人都同意的，而分手卻只要有一方提出分手，另一方無論同不同意最後都會分開，就像現在的很多社交軟體一樣，添加好友的時候是需要對方同意的，而刪除或者封鎖，系統不會發任何通知給對方，只要輕輕點一下就解除了這個好友關係，宇涵和鑫哥的感情就是這樣，在一起的時候很爽快，分開的時候卻沒能好聚好散。

說起宇涵和鑫哥分手的緣由，不得不說鑫哥是真的渣。

幾個月前的某一天，我和宇涵準備去學校南門新開的一家韓國料理店吃飯，可是我倆剛走到學校主樓前的廣場，就看到鑫哥挽著一個女孩的手從對面走了過來。宇涵直勾勾地走到鑫哥面前，兩個人對視了兩分鐘後，宇涵拉著我的手轉頭就走了。

後來，我們沒有去那家新開的韓國料理店吃飯，而是去了附近的一家小酒館。那天晚上，宇涵點了一桌子的酒，把自己灌得爛醉如泥，借著醉意發了「分手」兩個字給鑫哥。

第二天，鑫哥找宇涵說，那個女孩是他前女友，因為她要出國了，想要鑫哥在她出國前陪她一週，還說，等她走了他們倆就可以好好地在一起了。

大概是因為宇涵和鑫哥在一起的時間太長，三年了，而且這三年裡鑫哥一直都對宇涵很好，女生的心都是柔軟的，宇涵就那樣相信了鑫哥。

可是，當他們三個人再次撞在一起的時候，那個女孩指著宇涵的鼻子罵她小三，當然宇涵也不是那種好欺負的女孩，她立馬甩了鑫哥一巴掌，又很堅定地說了分手，轉身就走了。

後來，女孩出國了，鑫哥又回來找宇涵，他跟宇涵說：「我就是陪她玩玩，我真正喜歡的人是你啊，我們和好吧。」

宇涵冷笑著說：「玩玩是嗎？老娘不陪你玩了！」

鑫哥卻說：「別這樣啊，你不是一直都很喜歡我的嗎？怎麼這麼輕易就分手了？」

宇涵很堅定地告訴他說：「沒錯，我是很喜歡你，但又不是沒你不行！」

分開之後，宇涵度過了一段很難熬的日子，可是即便這樣，宇涵也從不後悔離開鑫哥，用她的話來說，真正在乎你的人，是捨不得讓你難過的，他恨不得把你捧在手心上當個小公主，只有不在乎你的人才會想出各種辦法來試探你，才會一次又一次讓你傷心流淚。

我很喜歡之前在網路上發的一段話：「對於一份已經結束了的感情，要做到的只有放下，無論再想念也不會去打擾，就算我們沒能走到最後，我也不會心存遺憾，你有你的苦辣酸甜，我有我的喜怒哀樂，如果我們不曾相遇，就沒有那些美好記憶，既然相遇的時間不足以讓我們為彼此停留，那就祝今後的我們，帶著各自的驕傲，互不打擾。」

我經常會收到很多私信說：「貓貓，我忘不了前任該怎麼辦？我走不出失戀的陰影，我該怎麼辦啊？」每次看到這樣的問題，我總是找不到答案去回覆，說實話，我也不知道該怎麼辦，因為我不是你們當中的任何一個，我沒有經歷過你們的感情，更不知道你們之間發生了怎樣的故事，也不知道你們為什麼最後會分開。但我和你們一樣，我也經歷過那樣難過的時刻，所以我瞭解那樣的感受。

可是如果非要讓我給你一個答案，我想說：

去旅行吧，一個人，或是背上背包離開那座讓你傷心的城市，去那些你們不會一起去過的地方，去一個完全陌生的地方，當你一個人行走在陌生的路上時，你或許會發現，在很多風景面前，很多煩惱很多痛苦變得不值一提，也變得微不足道。

今年六月份，我一個人去了北京，雖然只是短短幾天，卻讓我認識到了一個不一樣的自己。

我提前預訂好的飯店也並不像介紹中說的交通環境有多好，我挑選的餐廳，口味其實也沒有評價中的那麼好，想一個人去看一場電影，順著手機地圖找電影院，卻硬生生找了半個小時沒有找到，偌大的北京我用手機叫了車，司機找不到我，我找不到司機，坐在路邊的我都快要哭了，很多時候因為找不到地鐵站，也只能灰溜溜地叫車讓司機送我，浪費了很多時間和金錢。

那時就會想，如果有一個人陪在我身邊該有多好，可是後來我也明白，人總要學會獨處，總要在來來往往的人潮裡，習慣一個人。

曾經我以為分手後留下的只是孤獨和委屈，可是經過時間的洗禮，漸漸明白，分開是給他一條生路，也是放自己一馬。

要問我分手後學會了什麼，我想我學會的不是堅強不是忍受，而是真正懂得了那句話：「誰離開誰，還不是好好地活著。」所以我學會的是，接受事實，面對自己。

之前在網路上發過一個關於「和他分手後，你學會了什麼？」這樣一個話題，隨後收到了很多網友的回應，我記得熱門回應裡看到這樣一段話：「突然想起一位結了婚的朋友對我說的一句話，她說，『遇見我先生時，我和他都已經是打磨完畢的成品，但我從未懷疑過他對我的感情。前任對於他而言是一所學校，他在那裡成長、學習，最後畢了業，來到我這裡。提前三五年，我都不會喜歡他，我們都很感激相遇。』我想，這便是前任存在的意義。」

就像我曾經在寫給徐先生的一篇文章裡說過：「其實，我挺不甘心的，我們遇見彼此時都還是青澀的，我們見證了彼此慢慢走向成熟的過程，當我們逐漸成熟了，也慢慢走向了另一個人的身邊。可是我不想就此分離，我們明明是彼此一起走到現在的，卻硬生生地把你交給了別人，要我放棄之前所有的努力，當作那些故事都沒經歷過，真的很難做到。」如今再看那些話，雖然還是認同，但也知道，既然錯過，就說明我們都還不是彼此對的人。

身為一個拿得起放不下的人，我一直都覺得，分手後應該感謝那個人的出現，因為他教會了我們很多，讓我們學會捱過孤獨，讓我們成長，讓我們變得更好。

可是也有人這樣和我說：「我憑什麼要感謝那個一次一次傷害我的人啊，明明這些都是我一個人熬過來的，跟他有什麼關係？如果沒有他，我說不定現在會活得更好呢，也不會多一份不開心的回憶。」

不得不說，這兩種觀點我都贊同，感謝也罷，不感謝也罷，每個人都有著自己對愛情對生活的見解，無論怎樣，能錯過是福氣，能遇見也是。

成長的過程裡有一節叫「失去」的必修課

其實我們都知道，
我們身邊的所有都會有消失的那一天，
卻還是在消失的那一刻措手不及，悲傷、難過。

我們往前過的每一天，
都是在努力地把身邊的事物往後推，
越來越遠，遠到慢慢看不見，
慢慢說再見，然後失去。

改天一起吃飯啊

昨晚小哥哥和新同事一起出去吃飯，我問他：「吃什麼？」他說：「羊蠍子。」

我委屈地說：「啊，你都連續兩天晚上吃火鍋啦。」

小哥哥笑著說：「傻子，羊蠍子不是火鍋。」

「哦，那是什麼？」

「就是燉的羊蠍子啊。」

說真的，在來北京之前，我都沒有聽過「羊蠍子」這個詞，還是來了北京後，躲在自己的小屋子裡看電視劇時，當時看得好像是《北上廣依然相信愛情》，劇裡朱亞文的同事開了家飯館，專門吃羊蠍子的，那應該是我第一次聽說羊蠍子●。

後來我自己出門閒晃時，才發現原來北京有很多叫羊蠍子的店，但其實我還是一直不知道羊蠍子到底是什麼。

記得去年冬天，請朋友吃飯的時候，路過一家羊蠍子店，當時朋友跟我說：「改天，我請你吃羊蠍子啊。」

當時我超開心的，我終於能吃到羊蠍子了，雖然我也不知道羊蠍子到底是什麼，但就非常期待。

而後來，和那個朋友斷了聯繫，她也沒有再和我提起過要一起吃羊蠍子，似乎早就忘了

●

羊蠍子：羊蠍子是中國四大菜系中的魯菜當中一道知名菜餚，主食材是帶有里脊肉和脊髓的完整羊脊椎骨，因為形狀跟蠍子相似，所以被稱為羊蠍子。

那句隨口說說的話了。

當然後來的關係也漸漸淡了，不僅僅是因為那頓一直沒吃上的羊蠍子，而是無數個失望累積的，讓我覺得那段關係很累。

之前看到有人總結一直無法擺脫的幾大謊言，其中有一條就是：「改天我們一起吃飯啊。」

這似乎變成了人人都知的謊話：「有空常聯絡啊，改天一起吃飯啊，下次我請你啊。」每次我聽到這樣的話，都會下意識地對這段感情產生懷疑。

可是怎麼說呢，「改天聯繫啊，下次一起玩啊，回頭請你吃飯啊，晚點打電話給你啊，有空出來喝啊，有時間去看你啊」，如果有一句能成真，我們的友情也不會像現在這麼淡了，不是嗎？

我說過，我在生活中是那種蠻天真的人，最主要的表現就是別人說什麼我都願意相信。

之前有一個朋友，我們從來都沒見過面，網路上認識的，但每天都會聊天，當時關係還蠻好的，甚至在我的人際關係定義裡，他是我的好朋友。某一次聊天他突然和我說：「等什麼時候去北京請你吃飯啊，順便一起去見見朋友啊。」我可開心地回答著：「好啊好啊。」

我當時很當真，提前很久就開始想他來了要帶他去哪吃飯，穿什麼衣服，見面說什麼話。而後來才發現，那不過是句隨口的客套話，改天就真的是永遠都改天。

只是那時我還沒真的學會成年人社交中的那些社交禮儀，還為此難過了很久。

那之後我也漸漸知道了，這樣的話其實只是成年人友情中的客套，大家都心知肚明，不會有改天了，見過這一次面，可能就不會再有下一次了，「有時間」這種詞有約等於沒時間。

現在啊，有人和我說改天一起啊，我總笑笑不往心裡去，除非會經常見的朋友，才會開心地應和著，記在心裡。

越來越覺得，成年人的友誼其實蠻透明的，能不能繼續做朋友這件事，大家都心知肚明。

去年冬天的時候，一個關係還不錯的朋友要離開了，當天正好有活動，我們兩個都在現場，結束後就一起隨便吃了個飯。

後來，他臨走的時候，他上計程車前轉過身來，和我說：「我們有緣江湖再見啦。」

我笑了說：「什麼江湖啊，見面多容易啊，以後我去找你玩啊。」

他說：「沒有你說的這麼容易啦。」他就和我揮手轉身走了。

後來，我無數次想起那晚的場景，好像真的很難再見了，他接受不了這個大城市高昂的物價，也不喜歡這裡快節奏的生活，可能再也不會來了，甚至遊玩都不會。

而我，整天都被工作銬住了，偶爾的節假日也都很短暫，只能去些附近的城市，或是躲在家裡宅著，因為去過他所在的城市，對那裡也沒有了再去的欲望，便也不太會把那裡列在我的旅行計畫中。

你看啊，就是這樣，他當時說的有緣再見，真的就是有緣再見了。

但我覺得也蠻好的，我喜歡「有緣再見」這句話，至少比「改天一起啊」更討我喜歡。因為比起一開始就沒有期待，我更討厭被給予了很高的期待，最後又得不到，摔得一身土。

如果說，成年人的感情中注定要學會這些社交禮儀，
那我寧願選擇過濾掉一些朋友，多花一些時間給重要的人。
我真的太討厭「期待」這個詞了，
因為我根本不知道要對這件事情保持五十分的期待，還是九十分的期待。

陳奕迅在〈愛情轉移〉中唱到：「接近換來期望，期望帶來失望的惡性循環。」這種感覺太糟糕了，越長大越喜歡那種穩穩的舒適感，哪怕平淡，也比失落要好得多。

你說，吃飯就吃飯，為什麼要改天呢？

封鎖其實是一種垃圾分類

早上窩在被子裡看了一段文章：

一對情侶去看車，意見不合地爭執了起來，男生講話速度很快，寸步不讓，女的一句話也插不上，於是緩緩把手上的戒指拿下來，揉著手溫柔地問我：「垃圾桶在哪兒，要很大的。」我猶豫著搬了一個大垃圾桶過來，男的急了，攔住女的說：「不能丟，五萬多塊錢呢。」女的微微一笑，反身一腳，把男的踹進了垃圾桶裡。

下面回應好多都在說，不要在垃圾桶裡找垃圾。

姑且不去評論文章中的感情，但我認同下面的回應，有些人真的就是垃圾桶裡的垃圾，要趕緊封鎖遠離做分類處理啊。

前一段時間和大學同學聊天，其實，畢業後我幾乎和很多同學失去了聯繫，不知道為什麼，我一直都是一個自閉又沒什麼朋友的人，偶爾才會和以前的同學聯繫，而每一次聯繫都是對方主動的，少有的聯繫總能讓我從短暫的聊天找到八卦，很多八卦被我輾轉很久之後寫成故事，我總是在一邊寫別人的故事，一邊警醒著自己的人生。

大學同學有一個認識了很多年很多年的朋友，幾個月前她閨密新交了一個男朋友，是那種長得很好看的男生，我沒看過照片，但在她的描述裡是個很乾淨清爽的男孩子，她閨密非常喜歡那個男孩，甚至有點著魔地喜歡。

朋友覺得那個男生不是真的喜歡她閨密，那個男生私下加了我朋友五次好友，之前一直覺得沒必要加，就沒同意，最後一次加是他們三個人一起吃飯的時候，朋友怕當面還不同意，就太尷尬了，於是接受了那個男生的好友申請。

後來男生就一直找我朋友聊天，單獨約她看電影吃飯，深夜找她聊天，說話也沒有分寸，五句話裡有三句話都在誇我朋友長得好看，朋友覺得太噁心了就刪了那個男生。但又害怕閨密被騙，於是找人測試了一下那個男生，果然那個男生就是那種到處撩妹的，看到好看的女生就說自己單身，想辦法約小女生出來玩。

朋友知道了後便把一些聊天截圖發給閨密，讓她看清楚一些，結果反倒被她閨密大罵了一頓，閨密直接把我朋友封鎖了，封鎖之前還說了一句：「麻煩管好自己吧，別瞎操心，我就是喜歡他關你什麼事啊。」

朋友很委屈地跟我說：「只是害怕她被渣男騙而已，沒想到她卻……」

我安慰她說：「其實封鎖了也好，他們不過是同一類的人，活該被騙啦，一個願打一個願挨而已，離這樣的人遠一點挺好的啊，垃圾嘛，早晚都是要扔掉的。」

朋友還是有點不甘心，氣呼呼地跟我抱怨了好久，換位思考，換作是我一定也會生氣好久，明明是一番好心，卻不討人歡心，但我一定會做好自己的心理建設，然後離這樣的人遠一點。

你們知道嗎？有些東西只有真的丟掉後，才知道有多爽。

一直覺得，封鎖是一件很容易的事，但封鎖之前有過感情的人，就變得很難了。

昨天有讀者私訊我說：「貓貓，我花一天的時間，看完了你所有的文章，好羨慕你是那種能拿得起放得下的人，而我還是沒有辦法像你一樣邁出那一步，丟掉過去。」

我回她：「不是每個人生來就是那種說拿就拿說放就放的人，你現在可能還放不下一些事情，但未來總有一天會放下的。」

生活中認識我的人都知道，我根本就不是一個能拿得起放得下的人，我也是花了很長很長的時間才變成今天的這個樣子的。

和前任剛分手的時候，我封鎖刪除過他所有的聯繫方式，但放不下，又加了回來，然後我們兩個人沒有再說過一句話，而且都是互相設定了自己的動態權限，讓對方看不到。

有一段時間，我每天都會打開他的頭像，傻傻地愣在那看一下，什麼都不做，再關上。

後來不知道什麼原因，他把我刪了，那時我已經沒有再去加回來的勇氣了，只是偶爾看看他有沒有換頭像，有沒有更新資料，那種狀態一直持續了一年多。

之後有一次，閨密拿我手機測試「誰刪了你好友」的程式，測到他把我刪了，閨密眨都沒眨眼地把他從我的通訊錄中也刪掉了。

本以為我會難過很久，但後來才發現，我沒有，反而輕鬆了許多，原來一遍一遍打開另一個人的頭像的那種感覺並不好，拿起來又放下，再拿起來再放下的那些姿態也並不好看，當你真的覺得放下是件很開心的事時，便不會再想著拿起來了。

其實很多人都不是那種拿得起放得下的人，畢竟人心都是肉長的，被傷了一下，還是會疼的，果斷扔掉，確實很難。

感情向來是一種互相選擇的結果，
我們可以隨便因為陌生人的一句難聽的話而封鎖他，
卻很難狠下心來過濾掉生活中已經狠狠傷害到我們的朋友或是愛過的人。
不是因為我們太柔軟太善良，而是我們邁不過自己心中的那道坎。

你可以一直把他們留在生活中，就像你不想丟垃圾也沒關係，可是當你的生活中處處都堆滿了垃圾時，你覺得你會舒服嗎？顯然不會的。

所以啊，如果不果斷一點丟掉那些不快樂，只會任由那些壞掉的感情發酵，最後難過的只會是我們自己。

為什麼不去做一個果斷一點的人呢？封鎖和刪除只是一種垃圾的分類而已，分好類，才能把生活拎得清●。

成長很難，我們總是要遇到一些人渣，友情或者愛情的路上可能都會遇到，
但我希望你不要怕，勇敢地往前走，繞過他們就好了，
知道了是垃圾，那避開就好啦。

願你一生都能清澈明朗，有明確的愛和明確的恨，
拎得清自己，也拎得清生活。

●
拎得清：上海方言，形容一個人處理事情或感情的時候，能夠分輕重緩急，是非分明，處理果斷，知道什麼該做什麼不該做。而拎不清則是相反的意思。

媽媽發給我的訊息，
每一句都是我愛你

前天夜裡，我做夢夢到我媽媽不愛我了，夢裡她做了很多傷害我的事，甚至要離開我，任憑我怎麼哭喊著求她，她都不理睬我。

在夢快要醒來的時候，我有意識地告訴自己，這是噩夢，快點醒來。

對我來說的確是噩夢，從小到大不曾和我惡言相向的媽媽，突然這樣對我，我怎麼能不哭不鬧地接受呢？

醒來後，想著要打個電話給媽媽，怕夢有什麼不好的寓意，但後來忙著忙著又給忘了。

想來我經常是這樣的，上一次打電話給她還是隔了十多天之後才想起來的，這樣說起來好像是有些不孝。

國慶連假，我一個人在家，中午做飯的時候一不小心切破了兩隻手指，血流不止，氣得我纏了三個 OK 繃，還拍了照發到社群網站上，倒不是覺得自己可憐想找安慰，只是覺得自己很好笑，這麼沒用。

發完照片後，我還是把飯做熟了，吃飽了，窩在床上睡覺。

下午四點多的時候，被我媽的電話吵醒。

「你的手怎麼切成那樣了？」

「嚴不嚴重，痛不痛啊？」

「你自己一個人在家嗎？」

「你中午吃飯了嗎？」

「晚飯你吃什麼呀？」

「媽，我的手沒事，不痛，中午吃飯了，你別管我了，我在睡覺，能不能別吵我了，我不痛！」我沒睡醒的時候起床氣非常大，控制不住地對我媽吼了起來。

「好，我不打擾你了，你快繼續睡吧。」

我匆忙地掛斷了電話，又睡了一個多小時。

再醒來的時候，我坐在沙發上發呆，才意識到下午對媽媽說的話有點過分。

我發了照片後，所有人都在笑我笨，勸我還是叫外送吧，只有媽媽在關心我的手痛不痛，午飯有沒有吃，晚飯怎麼辦？

就好像是，當所有人都在關注我飛得高不高的時候，

只有媽媽在關心我飛得累不累。

原來媽媽的每一個問句，都是一句我愛你。

又過了兩天，我給媽媽打電話，她開口第一句就是問我：「你手好了沒，這兩天吃什麼了，有沒有按時吃飯。」

我笑著跟她說：「我手沒事，好了，每頓飯都吃了，你別擔心我了，我能照顧好自己。」

媽媽這才平靜地說：「那就好，昨天就想打電話問你的手好了沒，但又怕你在睡覺打擾到你，不敢打給你。」

聽到這，我眼淚一下就流了下來，這個世界上大概只有媽媽愛我愛得這樣小心翼翼。

那之後，媽媽真的很少打電話給我，我知道她不是不想打電話給我，而是雖然很想，但她怕打擾到我，怕打擾我的工作，怕打擾我睡覺，怕成為我的麻煩，同時又期待著能接到我的電話，彷彿像是她的愛被我接收到了一樣。

前一陣我正在找工作，找了一個多月吧，每天都要坐很多趟地鐵，去各種不同的地方面試，天氣又熱，我整個人被折磨地脾氣很暴躁，難過地發訊息給媽媽說：「不想找工作了，我可不可以不工作了？」媽媽沒有猶豫地回我說：「好，沒關係，回來吧，我養你。」

真的有點淚奔，我只是隨口地抱怨了兩句，媽媽卻很認真地告訴我，沒關係，她願意養我。大概這個世界上願意無私地養我一輩子，想讓我當一輩子小孩的，也只有媽媽了。

有很多時候，媽媽都是用著她的方式和想法愛著我。雖然，那些愚笨的愛，有時會讓我覺得很好笑。

那段時間網路上有張超流行的圖，就是一雙粉白色 VANS 鞋的圖，我當時覺得好玩，就截圖也發到了社群網站上，傻傻地問大家：「這到底是什麼顏色。」

結果晚上和她視訊的時候，媽媽小心地問我：「我看你發的那雙鞋的圖，是你新買的鞋嗎？那顏色還挺好看的。」

我哭笑不得地回覆她：「不是啊，那是網路上的圖，不是我買的。」

還有一次，是去年中秋節，我和室友搶月餅吃，發了則動態故意罵我室友小婊子，當然是開玩笑地罵的。

我媽看到後，立刻打電話給我說：「你們不是很好的朋友嗎？你怎麼還跟人家搶月餅啊，你想吃回來我買給你吃，你不要和人家吵架啊，人家對你那麼好。」

「媽，我們沒吵架，我們很好呢，我只是開玩笑而已，你別當真啊。」

我覺得我媽真是可愛，我的每一則動態在她眼裡都是天大的事，她的每一句回覆，都在告訴我，她愛我。

就在我寫下這些文字時，初稿快要寫完了，Word 閃退，所有內容都消失了，我氣得發了動態說：「崩潰到不想吃飯。」

剛剛看到我媽回應我說：「女孩，你要堅強，要經得起挫折，遇事要冷靜，加油。」

真的很開心，三生有幸被她寵。

我長大了，但還是小孩，在你面前。

原來好朋友和好朋友不一樣

我在大學的時候有個非常非常要好的朋友，畢業已經一年了，還是會每天聊天，即便兩個人在不同的城市開始著不一樣的生活。

有的時候我總是覺得自己配不上她的好。

我們兩個人都很喜歡吃櫻桃，那種黃色水晶櫻桃，青島的六月份街上除了賣海鮮的，剩下的大概就是賣櫻桃的了，私以為沒有櫻桃會比山東的水晶櫻桃還好吃了，我來了北京後，總是買不到那樣甜那樣大的水晶櫻桃了。

但每次一到該吃櫻桃的季節，她就會偷偷買一箱寄過來。有一次，她買的那個櫻桃特別好吃，我吃完的時候打算找她幫我再買一箱，她跟我說：「這個品種的櫻桃過季啦，買不到了，我自己也沒吃到，你那個好吃吧？」

突然好感動，那一刻我覺得我在她心裡是排在很靠前很靠前的位置上的。

還有一次，她跟我聊天說：「前兩天在網路上買了一顆菠蘿蜜，超級好吃，改天也買給你。」

其實真的是很普通很尋常又很窩心的話了，特別讓人感到溫暖的就是，兩個人在很遠的城市各自生活，有一個人會一直記得你，並把自己覺得很美好的事物都分享給你，這很難得。

時常覺得，這個世界上除了自己的爸爸媽媽，如果還能有其他人這樣惦記著你的，都是值得你拚命對她好的人。

這兩年我不在她身邊生活後，才發現自己被她慣出了很多很多不好的毛病。

比如，大學的時候，我們經常一起出去吃飯，每次在校門口叫車的時候，車來了，她都會先走過去，打開後排右面的車門，讓我先上去，然後她再上來，幾乎沒有例外。

有一次，我問她：「很奇怪，為什麼每次你都讓我先上車啊？」

她是個性格非常爽朗的女生，說話也是那種很直接的風格，聽起來就讓人覺得很真實的感覺。

她說：「你不知道坐司機後面是最安全的座位嗎，萬一出什麼意外的時候，司機都會先把右側讓出去，先保自己的。」

「那你為什麼總是要把安全的位置留給我啊？」

「我也不知道，習慣了。」

真的是何德何能遇見她啊，一個時時刻刻都在為我著想的好朋友。

上大學的時候，每次到了放寒暑假之前，大家都會在放假前一天晚上收拾回家的行李箱，我這個人非常不擅長整理，每次都會把東西放得亂七八糟，導致很多東西都裝不下。

她看到後，就會很有耐心地過來幫我一個一個擺好，弄得整整齊齊的，雖然她都是一邊擺一邊罵我笨蛋，還要一邊說著下一次我再也不要幫你了，然後下一次還是不忍心看我放東西放得那麼凌亂。

你們說，這樣的朋友是值得我拿命去珍惜的吧。

我的確被她寵壞了，有一段時間我會把她當作標準去打量身邊的朋友。

記得之前我搬家的時候，收拾了好幾箱子的東西，箱子都很大，又被我裝得很滿，我想拿膠帶封一下箱子，想找室友幫忙，我喊了一聲，看到她在窗邊打電話，沒有聽到我在喊她，也沒理我。

我那時真的有一點絕望，雖然這些也不是必須要別人來幫忙的事情，但我總是會站在自己的角度和她的角度來想，如果是我的話，肯定會來幫好朋友收拾東西的，如果是她的話，也一定不會讓我一個人手忙腳亂地裝箱子的。

可是啊，我們都沒有辦法站在自己的角度去想別人，
也不是每一個朋友都有義務為你做一切的事。

之前和男朋友剛在一起的時候，我們出去玩偶爾會叫車，每次車來了，他總是自己打開車門就上去了，我再在後面跟著上車，有一次，我越想越委屈，眼淚就不停地往下流，哭得非常難過。

男朋友看到後就一直問我怎麼了。

我難過地和他發脾氣，又委屈地和他道歉說，因為之前總是有一個人為我開車門，總是讓我先坐上去，我看到你先上去沒有管我，就突然很難過，可是又覺得不能這樣要求你。

後來男朋友跟我說：「沒關係，這樣我就知道啦，以後都幫你開車門，讓你先上車。」

在過去四年中，我的世界裡幾乎只有那個好朋友，我們兩個人身上都有著一堆的缺點，又總是沒有原則地慣著對方，感情好到一切都理所當然。

以至於我忘了，朋友和朋友不一樣，好朋友和好朋友也不一樣。

好想念我們兩個自私又愛人的壞蛋在一起的時候啊，說話都不用經過大腦，太舒服了。

長大之後的友情
是一個減法過程

上星期有個感情曾經非常好的朋友過生日，生日那天，她發了好多則動態，有零點時男友送來的祝福，有和朋友一起出去吃飯的照片，還有生日的自拍，而我只是悄悄地在她發的第一則動態下面按了一個讚。

關上手機後，我坐在床上發呆了很久，是從什麼時候開始，我們變得這樣疏遠了，連回應一句「生日快樂」都沒有辦法說出口。

我和她從三四歲上幼稚園的時候就認識，是很好很好的朋友，每個週末趴在一起寫作業寫了很多年，從幼稚園，到小學，到國中，我們一起寫過很多很多的作業。

而生日更不用說，從一開始送十幾塊錢一條的手鏈，到後來送五十幾塊錢的水晶球、好看的髮圈、髮夾和項鍊。

一起手挽著手說過悄悄話，一起玩跳繩，丟過沙包，踢過毽子，一起難過地抱頭痛哭，一起壓過馬路，買過路邊雜貨店的零食，也一起踩過厚厚的積雪。

而後來呢，她高中去了別的學校讀書，住的地方也離我遠了很多，我們幾乎見不到面，那時沒有發達的社交軟體，我們很難說到話。

她剛走的那年，我們還是持續在生日的時候互送禮物，準時去對方的社群帳號留言，說很多很多祝福的話，說我們要做一輩子的好朋友。

但後來時間越久，我們被拉開的距離越大。

大學考試結束後，我們才互加了通訊帳號，而那時許多的問候都顯得不自然，彼此的生活已經完全沒有了交集，我上了大學，她開始了工作。

大一寒假的時候，我們約好要見面，我匆匆趕到的時候，她卻因為臨時的工作走不開，我沒有因為這件事而生氣，反而心裡鬆了一口氣。

好像冥冥之中注定，我們沒辦法再見面，被陰差陽錯扔掉了四年的友情其實是很難找回來的，你說那天我們見了面後，真的可以手挽著手像以前一樣講小祕密嗎？

我覺得是不可以的，我沒有辦法跟她說學校裡的哪個男孩子好看，大學裡的什麼社團好玩，什麼課有趣什麼課無聊，她也沒有辦法跟我說工作中的快樂和不快樂，薪水多還是少。

那種彼此離得越來越遠的感受真的是太明顯了，明顯能感覺到我們都在閃躲。

直到現在我也很討厭那四年，它讓我失去了一個生命中很重要的朋友。

還有另一個朋友。

去年過年在家和爸媽看電視的時候，我爸突然問我：「你那個同學現在在哪工作啊，怎麼也沒見你提起她，也不用手機聊天？」

我看著我爸搖了搖頭。

我爸繼續問我：「你們之前不是很好的朋友嗎？我記得你生日時她還送過你一件衣服呢。」

我只能說，真的不知道了，大學之後就很少很少聯繫了，我也不知道她現在是在讀研究所還是在哪工作。

我爸怪我：「怎麼還有你這樣交朋友的啊，朋友應該是常聯繫的啊。」

可是，我也不知道從什麼時候開始，朋友這個詞就已經變得很淡很淡了，好像是從大學時開始的，我們的朋友圈裡都是自己身邊的同學，自己系上的課，和週末這個城市的風景。

而曾經的那些好朋友呢，他們也一樣，我們的生活開始變得互不相關，只是偶爾知道她過得還不錯好像就夠了，沒有過多的共同話題可以說，想知道她的生活，隨手在社群網站上就可以看得到，對話方塊裡的那句「在嗎」也遲遲發不出去。

我們真的是越長越大，也越來越不快樂。

我不想弄丟那麼多的朋友，我也想知道，那些走散的人，會不會有一天還能再親密無間地相處著。

我小的時候喜歡一個不是很有名氣的明星，那時候還沒有社群網站，大家都停留在寫部落格的年紀，那時我很喜歡翻她的部落格看。

印象最深的一篇寫的是〈我不想長大〉，那時我無法理解，總覺得長大多好啊，長大了就可以不用被爸爸媽媽管了，還能和自己喜歡的人在一起，能賺錢，能去好多好多地方玩，是多麼快樂的一件事啊。

現在才明白，長大原來是一件很不快樂的事。

長大了之後的友情，是一個減法的過程，而小時候的友情是加法的。

我上小學的時候就很喜歡分班，因為我總能在新的班級裡找到新的好朋友，我喜歡那種感覺，好朋友不斷疊加的感覺。

但越長大越不一樣，高中之後就開始懼怕分班，因為都心知肚明，我們距離遠了，圈子也就斷了，很可能最後彼此都有默契地分開了。

也是長大之後才知道，我們都沒有辦法停止認識新的人，但我們的時間和精力又有限，我們需要花時間去了解新的朋友，自然就會減少很多時間去問候老朋友，只能順其自然地分開。

於是，我們越來越討厭長大了，因為我們根本不知道在哪一個時間節點要和哪些人走散，甚至都不知道，走散的時候會不會和對方打聲招呼。

這種感覺真的很不好。

我很想找回走丟的好朋友，但最後才發現，不是得要忍住尷尬丟掉面子問一句「在嗎，最近還好嗎？」，而是，即便說了這些，也改變不了尷尬，找不回丟失在彼此身邊的那些歲月，更難的是不會再融入到彼此的生活之中了。

即便這樣，也要感激生命中來來往往出現的人，因為在某一瞬間，他們是我們生活中的唯一，是我們快樂和難過存在的意義。

謝謝每一個路過我生活的你。

成長的過程裡有一節叫
「失去」的必修課

到現在我還在想過去的二〇一八年，那一年我們好像都不是很開心，我們小的時候最喜歡的主持人走了，上中學時最愛看的武俠小說的作者走了，就連超級英雄的漫畫作者也走了，好像就在這樣不知不覺中，一個時代悄悄結束了。

很難過，看著那些曾經熟悉的點點滴滴慢慢離自己遠去的時候，能做的只有感嘆，那種無力感讓人很疲憊。

其實我們都知道，我們身邊的所有都會有消失的那一天，卻還是在消失的那一刻措手不及，悲傷、難過。我們往前過的每一天，都是在努力地把身邊的事物往後推，越來越遠，遠到慢慢看不見，慢慢說再見，然後失去。

或許我們應該承認是我們長大了吧，從小就喜歡的明星如今也都一個一個地結婚嫁人，為人父為人母了，那些以為永遠都不會老去的臉上也漸漸有了歲月的痕跡。那些小時候喜歡的老一輩演員，頭髮開始花白，身體也不如當年。

前段時間看了一個關於周迅的採訪，才知道即便是周迅，也曾悄悄地躲起來哭過。

周迅在採訪中說，在拍完電影《明月幾時有》後，她突然意識到自己變老了，自己的臉和以前不一樣了，非常不開心，有一段時間幾乎是每天早上起床就坐在沙發上哭，陽光再好也會哭。

過了很久她才慢慢明白，衰老這件事是所有人都無法抗拒的，才說服自己去接受。是啊，連明星都是如此，我們普通人又何嘗不是呢？

爸爸隨著年紀的增長，也有些變矮了，媽媽長出了白頭髮和皺紋，家裡多了好多喊你「小阿姨」、「姑姑」的小孩，出門在外也總是被喊成「阿姨」，以前還會反駁說快叫姐姐，現在卻會覺得說出「姐姐」這兩個字就很尷尬。

高中的時候時間緊湊，總是早上起床匆忙洗完臉，塗一層乳液就背著書包趕著出門，有的時候早上起晚了，臉都來不及洗，皮膚卻還是好得不得了。

剛上大學時還可以什麼都保養品都不擦，抹一層隔離就可以出門，但這兩年，我開始買各種化妝水、乳液、抗老精華、眼霜，每天都要在鏡子面前抹半個小時才肯出門。

這些塗在臉上一層一層的鈔票，似乎記錄了歲月的痕跡，也記錄了成長。而成長的代價呢，就是不斷地失去和接受。

失去、接受，

這兩個詞不是每個人生來就懂得的，

而是在後來的一次又一次經歷中慢慢學會的。

我時常覺得，自己的感情變得很麻木，因為從小到大，我在不停地接受失去。

媽媽和我說，她和爸爸剛結婚的時候，外公就去世了，所以我從一出生就沒有見過外公，更不知道他長什麼樣子，不知道他的性格，不知道他會不會喜歡我。

我一直都對外公這個詞覺得很陌生，因為我從來沒有對任何人喊出「外公」這個稱呼。

我甚至沒有辦法稱之為失去，我好像就不曾擁有過。

我小學四年級的時候，奶奶生病了，兩個月後，她離開了我。

那是我第一次面臨生死，我是難過的，雖然沒有在爸媽面前掉一滴眼淚，卻一個人躲在被子裡哭過無數回。

奶奶離開後，我悄悄地去奶奶家拿走了奶奶生前的照片和她的身分證，把它們偷偷地放進錢包裡，帶在身上，一帶就是近十年，我沒有辦法放下那份愛和思念，只能把那些僅有的回憶收好。

我高一的時候外婆也走了，直到她走之前，我好像都沒有好好地和她講過話，因為我執念太深了，覺得這個世界上最愛的人是奶奶，就總是對外婆不冷不淡，我也因此責怪了自己很久很久。

多年之後，再想起那些曾經和外婆相處的時光，才知道原來她是那樣愛我，原來我錯得那樣離譜。

我那時真的很不懂事，甚至不願意在外婆家多待，記得有一次媽媽要和外婆說話，而我只想著快點回家，在外婆家又哭又鬧，說這裡沒有奶奶家好，我不想待在這裡，甚至拿離家出走要脅媽媽快點帶我回家。

但外婆真的對我非常好，甚至為了得到我的好感討好我。沒有任何經濟來源的外婆經常會偷偷塞一百塊錢給我，要我拿著去買好吃的。

小時候的我很挑食，喜歡吃的東西很少，但每次去外婆家，飯桌上永遠都是我愛吃的菜，外婆也總是能從櫃子裡拿出我喜歡吃的零食，有時候東西都要放壞了也捨不得吃，還總叮囑妹妹說：「你不要吃，你姐喜歡吃這個，留給她。」

可是這些於我來說，都是後知後覺。直到我真正失去那一切時才恍然明白，卻再也沒有機會來彌補外婆了。

我剛上大一的時候，爺爺也走了。這個消息還是在和媽媽視訊的時候，媽媽和我說的，我對著螢幕哭得不成樣子，眼睛腫了整整兩天。

其實在很長一段時間裡，我一直都覺得爺爺不喜歡我，因為我的嘴笨，不會說甜甜的話討他歡心，成績也不夠好，沒有考上很好的大學，覺得在他眼裡我一定不如姐姐和妹妹。

因為我總這樣覺得，於是對爺爺也很難表現出我的喜歡。可是現在再回想，爺爺應該是很喜歡我的吧。

我小的時候沒有人願意講故事給我聽，媽媽工作很忙，爸爸又沒什麼耐心，奶奶認識的字也不多，只有爺爺不厭其煩地一遍一遍地講各種故事給我聽。偶爾也會塞點好吃的給我，然後小聲和我說：「快點拿回家吃，別告訴你妹妹。」

長大後，奶奶離開了，爺爺一個人在家，總是不愛吃飯，但每一次我送去的飯，爺爺都會很開心地吃完。

突然不知道要怎樣寫下去了，爺爺奶奶、外公外婆都不在我身邊了，我得到的愛應該比同年齡的人少很多吧，我常常因此而感到難過。但現在再回想這些，腦海裡一幕一幕的畫面讓我紅了眼，原來每一個從我身邊離開的人都是這樣愛我。

去年的時候，身邊也有朋友失去了奶奶，看著他們難過的樣子，我一句安慰的話都講不出，不是我體會不到他們的難過，而是我知道那些難受是無法勸慰的，是每個人都要面對的。

我總是說自己對失去已經麻木了，但我知道這種麻木或許不是對失去變得無所謂，而是我學會了快速接受和消化這些。

真的很討厭這種感覺，生活真的好讓人為難啊。

我記得周星馳在《喜劇之王》裡對著漆黑的大海說：「天亮以後就會很美。」我知道啊，可是我的世界裡好像遲遲也等不來天亮，這樣撐著，好累。

你說，這個世界上為什麼會有告別，如果一切都不變，一直這樣生活下去，不好嗎？

那些殺不死你的，
總會讓你更強大

前天晚上睡前滑手機，看到一個影片，是我知道的一個作者在《奇葩大會》上的一段演講。

小女生在介紹自己的時候說：「我是一個文章在網路爆紅的作者，從小博覽群書，也從小不被看好，上小學的時候因為成績差被老師說成廢物，當時就很不服氣，憑什麼以成績來論一個人的好壞，就開始努力證明自己不是廢物，嘗試了很多都失敗了。就在我覺得自己真的是一事無成的時候，開了社群專頁，寫了篇爆紅文章，有了如今的我。」

小女生還很不服氣地說：「我今天站在這裡就是想要打一些人的臉，讓曾經看不起我的人知道，我不是廢物。」

看完那段影片，我不得不承認小姑娘是有幽默感的，符合這種帶有話題的綜藝。記得當時我看到她的社群專頁時，還特意把她推薦給了阿倉，一臉羨慕地說：「她是二〇〇〇年生的，剛十八歲，就這麼厲害了，再看看我們，唉。」

後來我又看過她的幾篇爆紅文章，觀點真的很新奇，文章思路也都非常好，網感●也超好，真的覺得不紅沒道理。

那天看完影片後，我想了很久，好像那種不被喜歡的感覺也是可以變成前進的動力，這樣看來，生活中好像會少很多負能量。

●——

網感：以傳統媒體如電視廣告來說，像是在拍一場精準無失誤的戲劇，但這樣的內容如果放在網路上，就會造成網路使用者的隔閡感，無法有效傳播想表達的訊息給使用者。因此網路上的內容創作必須有自然、生活、有趣不做作的感覺，也就是網感。

因為我有過同樣的經歷，所以特別能理解小女生說的那些話。

從幼稚園到國中，我一直都是所有老師眼裡的好學生，爸爸媽媽眼中的好孩子，成績最差的時候也是班級前五。

但上了高中之後，我成績下滑得很厲害，甚至都沒有達到老師預估的分數。

我從小就一直都覺得我們的老師都非常好，幾乎每一個老師都願意犧牲自己的課餘時間幫助同學提高成績，但是，雖然他們說不會放棄班上的每一個學生，但真的在大學考試面前，老師還是會把精力放在有希望的同學身上，排名靠後的同學都會被忽略掉。

高三的時候，我的成績真的是差到不能再差了，我意識到我即便是插上翅膀也追不上去了，所以那時我就非常渴望老師能多在課上問我問題，多幫助我一下，但說實話，能注意到我的老師真的是太少了。

記得那時候上數學課，我每次都是眼巴巴地看著數學老師點名其他同學，一肚子的答案與委屈說不出來。

那時候化學老師也是，有一次我做對了一道比較有難度的題目，被化學老師懷疑抄其他同學的，陰陽怪氣地在班級上說大家以後要自己寫考卷，別看這個看那個的，能做對多少是多少，大家要誠實一點。

真的很難過，所以我努力證明給化學老師看我沒那麼差勁，努力去做好每一道題目，想讓老師注意到我，暗暗地下決心，我一定要變強大，讓那些看不起我的老師知道，我真的沒有那麼差，但又不斷地懷疑自己是不是真的都不會再變好了，我離「好」這個字是不是差太遠了。

後來大學考試成績出來了，我的數學成績比那些數學老師經常在課上提問的同學的成績都要高，甚至高了很多。

儘管其他成績依舊不理想，但那一刻我覺得自己已經成功了很多了，至少我不再是那個只能躲在書堆裡面悄悄寫試卷的小女生了。

怎麼說呢，過了很久很久之後，我才漸漸發現，當年那份不被喜歡讓我變得越來越好，比當初的那個小女生好太多太多了。

記得我剛來這個大城市的時候，很多同學都勸我，你別去了，你快回來吧，那裡不是你待的地方，消費那麼高，賺的永遠不夠花。

但我覺得我不去不行，我真的很想讓那些曾經看不起我的人知道，我沒有那麼差勁。

當然知道，這裡的物價真的要高很多，實習的時候待的公司附近，外帶一份烤肉飯一百五十塊，足足比以前在學校的價錢高了三倍，但我沒有因為這樣的小事而退縮，總覺得自己會越來越好，要努力在這裡好好發展，哪能輕易就認輸。

如今，我也淡然地接受了這個大城市的一切，甚至覺得這些都還好啊，都是在我能承受的範圍之內的，活得好好的，還有了一份很好的工作，真的很知足了。

之前有朋友跟我說：「有時候被討厭只是因為你跟那些人不一樣罷了，沒什麼好在意和生氣的。」

其實啊，我們每個人都有否定自己和被別人否定的時刻，我們習慣性在別人討厭的時候開始懷疑自己，但卻忘了，正是因為這樣的時刻，我們在慢慢變好。

就像那句話說得一樣，凡是不能殺死你的，都一定能讓你強大。

我私立大學剛畢業，
怎麼了？

前兩天晚上我發了則關於社群專頁的文，沒過多久，有個我之前去面試過的公司老闆來私訊我。

什麼客套的話都沒說，直接就問我：「你現在經營哪個社群專頁呢？」

「嗯？我自己的社群專頁。」

「我記得你以前擅長寫家居類的。」

「沒有沒有，您記錯了。」

「我之前和你聊過關於新媒體吧？」

「嗯。」

「現在這麼厲害了，當自己的老闆。」

「沒有，不厲害，我在網路公司上班，抽空經營自己的專頁。」

「哦。」

我把聊天記錄截圖給阿倉，她誇我回得漂亮，我有些竊喜，也覺得是我這麼長時間聊天最爽的一次了。

為什麼這麼說呢？我來說說當時面試的情況。

找我去面試的老闆的公司是一家小型創業公司，公司是做家居類的，具體方向我不記得了，只記得當時他們做了一個家居的社群專頁，找我去面試是想重新做一個和情感相關的專頁，當然並不是我經常關注的那一類，而是更偏家庭女性一點。

說實話，我對他們這個新專頁並不是很感興趣，不是我喜歡的類型，更不是我擅長的，但不知道該怎樣拒絕，又是夏天，很不想繼續找工作，就想繼續談談看。

可是談到薪資的時候，我毫不猶豫地離開了。

他問我對薪資的要求，我說了。

結果他一臉不可置信地問我：「你覺得我憑什麼給你那麼高的薪資，你不過是一個剛畢業的大學生，還不是什麼名校，也不是研究生。我們這兒很多國立排名數一數二的學生都沒有那麼高的薪資。」

我回他：「不是每一個剛畢業的大學生都懂新媒體，知道怎麼經營社群專頁，更不是每一個剛畢業的學生都有幾十萬的粉絲。」

他說：「確實，但你真的只是個私立大學剛畢業的學生。」

然後我起來說了一句「謝謝」就走了。

其實不止那一次面試，之前去一個知名自媒體面試，談到薪資的時候也問我剛畢業，又是私立大學的學生，要這麼高的薪資，憑什麼？

我說：「憑著我經營兩年社群專頁的經驗。」

對方回我：「你只是剛畢業，所有剛畢業的學生做自媒體，薪資都不可能這麼高。」

那段時間我承受了很大的打擊，我停下來反思了很久，一度覺得自己把自己放的位置太高了，是不是真的像他們說得那樣，我不過是一個剛畢業的普通學生？

可是怎麼說呢，我後來找到的工作開給我的薪資全都符合我的要求，包括現在的公司，拿到的薪資甚至比我一開始要求的都高。

大家都說現在做自媒體沒有門檻，甚至我以前也這麼認為。

但工作一年後，我接觸的人越來越多，也帶了很多的實習生，我才意識到，自媒體這個行業是有門檻的，一道隱形的門檻，真不是所有人都能做的，一則文案、一篇情感文章，沒有你想得那麼簡單。

這的確是一個看重學歷的時代，但找工作時，一個有眼界、有能力的老闆，是不會單單盯著你的學歷看的，他們更看重的是你身上的能力。

我現在工作的這個團隊，正式員工加上實習生差不多有四五十人，只有我和另一個一起經營社群網站的同事是私立大學畢業的，其他人幾乎全都是名校。

一開始我真的有點抗拒這樣的環境，因為中午一起吃飯的時候，大家都喜歡問，你是哪個大學的啊，什麼科系的啊。每次被問到這種問題，我都很尷尬，不止一次後悔當初為什麼沒有再努力一下。

但在這兒待久了，我也漸漸習慣了，看開了，而且也覺得自己並不差，把我的工作交給其他名校生來做，他們不一定能做得比我好。

我覺得看學歷看學校並沒有錯，錯在很多人拿學歷和學校一棒子打死人。

這個世界上有很多事情都不能一概而論，再平凡的人和事當中也都有英雄，我也想和那些不在名校或者成績不太優秀的人說，不要輕易放棄自己，只要努力就會有無限可能，不要因為這些外界因素的干擾為自己的人生設限。

一輩子這麼長，誰都不會因為某一件事或者某幾件事糟糕就面目全非的。

最重要的是，你有足夠的韌性和耐心，肯花一輩子的時間去做那些你真正想做的事情。

每個人都是自己的英雄，不是嗎？

像我這樣愚笨的人，
要更用力一點生活

早上出門的時候穿了一雙不太舒服的鞋子，有點大，走路的時候一抬腳鞋子就會和腳分開，我慢悠悠地走到了社區門口，發現腳後跟磨出了血，於是我沒有去地鐵站，而是叫了輛車去公司。

坐在車上，昏昏地閉著眼睛好一會兒，再睜開眼睛時，發現車子才往前開沒多遠，車窗外是靠得非常緊密的層層高樓，眼前是似乎怎麼都看不到盡頭的車隊。

每當這個時候，我總是感嘆，這裡的人真多啊，每個人邁出的每一步都是帶著目的匆匆而行，好像沒有人會因為情緒而停下自己的腳步。

週末的時候爸爸問我，你住的地方離公司有多遠？我說剛好十公里，很近。

十公里遠嗎？

在我小時候的記憶裡，不是遠，是很遠。小時候和外婆家的距離有二十公里，和媽媽一起騎過一次自行車，騎了一個多小時，累到氣憤地和媽媽說：「我再也不要來了，太遠了。」

後來媽媽會騎機車載我去，路上也要花半個小時，那半個小時我總是一個人在腦袋裡想很多很多奇奇怪怪的問題，想著長大了要做什麼，去哪兒上大學，只有想這些問題時，我才會覺得那段時間過得快一些。

而現在半個小時對我來說，已經短到不能再短了，不知道是不是因為在這座大城市生活久了，我對時間已經沒有什麼概念了。

爸爸又問我：「那你每天上班要多久啊？」

「一個小時。」

「為什麼那麼久啊？」

「這已經很快了，不是尖峰時間的時候搭計程車一個小時，如果是坐地鐵然後換公車加起來最快也要一個小時，不久呀。」

爸爸沒再說話。

我想起知名作家劉同之前寫過的一段話：「在老家的朋友聽說我在北京上班每天花在路上五個小時，很詫異，覺得生命怎麼能這麼浪費。我就說自己一點都沒浪費，因為這幾個小時的時間，我全用來思考和整理人生了。我越是認真解釋，朋友越是覺得好笑，我也覺得自己很好笑。可能只有我這樣愚笨的人，才需要這樣的方法來讓人生變得更好一點吧。」

說實話，我有段時間剛換工作，住的地方離公司的距離將近四十公里，每天花在上下班路上的時間加起來也四個多小時了，那段時間過得很辛苦，但卻從未想過放棄和妥協，偶爾也覺得蠻充實的。

當時還是冬天，每天早上六點鐘就被鬧鐘叫醒，迷迷糊糊洗了臉，換上衣服就出門了，也很少化妝，反正能省下來的時間都被我用來補覺了。

早上在地鐵上不是在忙著準備當天工作需要的素材，就是低著頭抱著手機寫稿子，累了，就閉著眼睛聽一下耳機裡的歌，剛想問自己為什麼要選擇這樣累的生活時，就被人流擠下了地鐵，和很多人一起走過很長很長的換乘道，再踏上另一列挨肩擦背的地鐵，如此反覆很久才能到公司。

那段時間很累，很難想像自己就那樣堅持了兩個月，雖然如今已經不想再去經歷一次了，但那段經歷，讓我對北京這座城市，對我選擇的生活多了很多包容和原諒。

現在上班路上要一個小時，我也時常在這一個小時裡做很多事情，比如快速地閱讀很多文章，想好當天的選題，或者看著川流不息的車流，思考和享受這樣的生活。

像劉同說的一樣，只有我這樣愚笨的人，才需要這樣的方法來讓人生變得更好一點。

我經常會被問到，你以後想活成什麼樣子？我習慣了說，我想活成自己喜歡的樣子，可是好像又不知道自己喜歡的究竟是什麼樣子。

有天下了大暴雨，我們社區的積水深到可以沒過我的大腿，走路就像在游泳。

但開心的是，我們公司早早就說了，如果法國隊拿了世界盃的冠軍，就可以放一天假，所以早上醒來，看到暴雨和法國奪冠，我開心得要從床上蹦起來了，那一刻我才意識到，原來長大之後的快樂這樣簡單啊。

起床後忙了一會兒工作，洗了衣服，又為自己做了午飯，吃完飯抱著電腦打算寫稿子的時候，看到我媽媽在社群網站上發了一組暴雨的圖，她寫道：「下這麼大的雨，我女兒要怎麼去上班啊。」

我笑著回她：「哈哈哈哈哈哈哈哈哈哈，這組圖就是我們社區這邊的，你在哪看到的啊？別擔心我啦，我們今天放假，不用上班，在家呢。」

我媽媽秒回我：「那就好，那就好。」

關上頁面，我突然很想哭，說不上為什麼，只是覺得，如果我不在這座城市，在她身邊，她會不會少擔心很多。

每次打電話給媽媽的時候，冬天她問我：「冷不冷啊？我看天氣預報說你們那最近零下十度了，家裡暖氣熱嗎？你多穿點，公司有空調暖氣嗎？冷不冷啊？」到了夏天就問我：「天氣預報說你們那兒這幾天高溫，熱嗎？我看你都曬黑了，有開冷氣了嗎？」

有的時候我覺得，媽媽比天氣預報還即時，像之前阿倉說的一樣，天氣預報裡，藏著我愛你。

上週我整個人都很沮喪，是很久很久沒有過的感覺，其實也只是因為一場雨罷了。

上週三也下了雨，不大，但路上很堵，早上我去公司的時候，短短十幾分鐘的路程，整整塞了一個多小時，最後實在無奈下車步行去了公司。

到公司的時候我已經遲到五十分鐘了，按照公司的規定，早上十點之後打卡還要自動減去一個小時的工作時間，就相當於我遲到了將近兩個小時。雖說遲到不扣薪水，但要晚下班把遲到的時間補回去，才能躲過主管的責備。

到了晚上朋友都跟我說，等等可能有暴雨，你下班早點回家。

後來雨一直淅淅瀝瀝地下著，下班後我在公司多待了一個小時，好不容易補完了早上遲到的時間，結果出了公司叫不到車，公車站又排了超長的隊，那一瞬間委屈得要死。

撐著傘抱著手機發了文：「這麼大的雨，早上塞了一個小時，現在也不知道什麼時候能上車，什麼時候能到家，太慘了，我為什麼要上班啊。」

其實也不是平白無故地因為一場雨，就沮喪到爆。

白天滑手機的時候，看到以前的同學畢業也沒上班，斷斷續續地準備考研究所考公務員，也沒考上，還到處出去玩，每天都很開心，好像一點都不會憂愁自己的未來。

反觀自己，明明可以不工作也能賺到養活自己的錢，卻還是不敢跨出那一步。

後來坐上了車，我隔著車窗拍了一張車燈和雨水交錯的大城市夜晚，我也跟著車窗外的雨一起哭了。

發訊息給好朋友，問她：「為什麼要過這樣的生活，要讓自己受這份委屈？」

朋友回我：「我們大概就不是那樣灑脫的人，所以很難過上那樣的生活，因為永遠有期待，就不敢停下來。」

看著螢幕上的那幾行字，我的眼淚更肆意了，那是我第一次覺得，我越努力越想哭。

後來晚上到家已經九點半了，收到媽媽發來的訊息，問我到家了嗎？

我擦乾了眼淚回她：「嗯，到了。」

我真的覺得很沮喪很沮喪，時時刻刻都覺得我的成長比別人慢很多，於是就拚命替自己找目標找動力，努力地往前跑，累的時候就停下來哭一會兒，哭夠了擦乾眼淚好像還可以繼續跑。

在大城市生活久了，也會慢慢明白，抱怨、委屈這種東西最沒用，也只有在最艱難的時候不去過分地抱怨，那在一切都慢慢變好的時候，就會覺得是饋贈。

就好像我現在再也不會抱怨，為什麼只是在車上睡了一覺，睜開眼還是在家附近了一樣。

像我啊，這樣愚笨的人，總是要多想些辦法，多替自己找些藉口，才能過得好一點。

經常說「好的」的人
都過得不太好

週五晚上下班的時候，和同事一起往地鐵站走，在路上閒聊了起來。

她問我生日是什麼時候，我眨了眨眼看著她說：「三月二十七啊。」

「哎，你是牡羊座的啊？」

「對啊，對啊。」

「你真的不像牡羊座，牡羊座哪有性格這麼溫柔的，基本上脾氣都很差，你是不是一個假牡羊啊？」

「可能吧，其實以前我很牡羊的，現在好像一點也都不牡羊了。」

怎麼說呢，最近這幾年，剛接觸我的人，只要知道我星座的，都說我是個假牡羊，活得一點脾氣都沒有，面對別人的請求和幫助，總是不斷妥協，即使很多時候這個要求很過分，也習慣了對所有人說「好的」。

明明曾經的自己稜角分明，明明曾經很討厭這樣處處妥協的人，現在卻偏偏成了這種人。

前兩天看了知名作家蔣方舟在《奇葩大會》上的一段演講，她分享了自己戰勝「討好型人格」的經歷。

誠實地講，蔣方舟在我們的印象裡就是那種超厲害的別人家的孩子，七歲寫書，九歲出書，從很小的時候就以出眾的寫作天賦斬獲各種文學獎。

像她在《奇葩大會》上說的一樣，這樣優秀、從小就不斷接受讚美的人，怎麼可能是「討好型人格」呢？但她的確是。

她在節日中說，在談戀愛的時候，男朋友打電話給她，在電話中責備她，然後她一直道歉，道歉了兩個小時，但對方認為這個道歉很敷衍，掛了電話後還是一直打一直打。

她看著密密麻麻的來電顯示，嚇得渾身發抖，但她不敢跟對方說「你不要再打電話給我了，再這樣下去我會生氣」這樣的話。

過了一段時間，她再回想起這段經歷，覺得很恐怖，因為即使在如此親密的兩性關係中，她好像都不會去表達自己真實的情緒，不會跟對方爭吵，害怕起衝突，害怕讓別人覺得不高興。

直到後來，她接觸到「討好型人格」這個詞以後，她才意識到，並開始試圖改變。

蔣方舟說，討好型人格的可怕之處在於，第一就是做什麼事情都會先去想別人的反應，做事去迎合別人。第二，在人際交往中，自己慢慢變成一個沒有底線和原則的人，即使很多時候已經非常不愉快了，也不會表現出來。

後來，她去東京住了一年，把自己完全置身於一個陌生的地方，沒有朋友，不上網不社交，完全按照自己的意願活。一年後，她突然發現，好像慢慢治好了自己的「討好型人格」。

她在節目中笑談，自己從東京回來後，有一次和老師吃飯，老師倚老賣老教訓她，她終於開口罵人了，之後還很興奮地打電話告訴朋友。

是啊，所謂的高情商不只是會說話，而是稜角分明，懂得說「不」，不在任何時候委曲求全。

突然想起之前工作的時候，公司裡有一個新來的設計實習生，大概是因為初入職場，她像是個乖乖女一樣地聽話努力工作著。

公司裡所有的同事都覺得她脾氣好，總是喜歡把很多自己的工作塞給那個實習生。很多時候我都看不下去了，但她卻總是笑臉相迎地說：「好的。」

後來有一次她約我吃飯，跟我說打算要辭職離開了。

問起她原因時，她說：「在這裡太累了，每天都要工作到很晚，經常凌晨一兩點還在做設計圖，還總是被老闆催，明明自己的工作沒有那麼多，但總是被莫名其妙地加進來了很多工作，每天都做不完。」

我驚訝地看著她說：「這些你明明都可以拒絕的啊，你為什麼不明確地跟他們說你也很忙呢？」

她咬了咬嘴裡的吸管說：「總覺得不太好，會得罪人。」

的確，有的時候，我們隨口一句「好的」，可能並不是發自內心的，只不過是一個不好意思拒絕的回應，那些總是說「好的」的人，可能過得都不太好。

閨密也是。之前她去日本玩，本來是想著趁著自己還是個學生，還有暑假，想好好享受一下短暫的假期，但沒想到那次假期成了她記憶中很糟糕的一次假期。

到日本的第一天，她隨手拍了些好看的照片傳到社群網站上，定位在東京。結果那照片剛發出去沒多久，下面的回應全都是：你去日本了啊，你能不能幫我帶個洗面乳，能不能幫我買個包回來，能不能幫我帶些面膜……

關係好一些的，她就耐著性子回他們，問他們要帶什麼牌子的東西，跟他們確認好，有些關係一般或是根本就不認識的人，她索性沒回應。

可怕的是，有些關係不遠不近的人直接私訊她，並且列出了詳細的清單，她不好意思拒絕地說：「好的，我儘量。」

後來，本來計畫在日本七天的旅行中，有五天時間，她都跑到各種商場免稅店替社群網站上的「朋友」買東西，幾乎哪都沒去，回來的時候，行李箱被裝得滿滿的，手裡還提了三四個袋子，用她的話來說，擠在人群裡，就是一個標準的代購啊。

堆。

直到最後回國她才發現，原來她都沒有替自己買什麼東西，反倒是幫別人帶了一堆又一

更讓她憤怒的是，有個朋友因為她沒把東西買全，和她生了好幾天的氣。她怎麼都想不明白，一段看起來還不錯的友情，會因為少買了個口紅就鬧得不愉快。

真的，本來會是一場很快樂的旅行，卻因為她的一句「好的」，變成了一場特別糟糕的旅行，從那之後她去哪裡都抱持著一個觀念，堅決不在社群網站上發文，她跟我說她是真的害怕，害怕不懂得拒絕的自己，還是會傻呼呼地回人家「好的」。

你看，這個世界上就是有太多人，可以心不跳臉不紅地去麻煩別人，也有很多人像我和我閨密一樣，從來不知道「拒絕」兩個字怎麼寫，總是不厭其煩地說著「好的」。

但說真的，能別說「好的」，還是別說了，因為你的每一句不情願的「好的」，都會讓你的生活變得更加糟糕，你的人生不是為了取悅別人，而是讓自己開心，讓自己不活得那麼累，讓自己過得好。

你要知道，他們好意思為難你，其實本身也沒有把你當做多好的朋友，你拒絕一下會怎麼樣？沒有人天生為誰不辭辛勞。

而且時間越久，就越明白，在所有的人際關係中，我們越討好別人，別人就越把你不當回事。

可是仔細想想，你不是為別人而活，為何要小心翼翼地察言觀色，為什麼要事事順從，別人可以毫無顧忌地利用使喚你，你為什麼就不能勇敢地說「不」？

我們只有這一生，不要總是委屈自己，真正在乎你把你當朋友的人，是不會一次又一次向你提出無理要求的。

所以下次，當別人再為難你的時候，希望你能果斷地說：「嗯，不好意思，我也很忙。」

比失戀更慘的是
你窮啊

半年多以前，我寫過一篇文章叫做〈在我最窮的時候還是願意請你吃頓飯〉，文章中記錄了很多我和前男友在一起時沒錢又很相愛的小事。

我們兩個人可以窮到全身上下只剩三百塊，還要出去約會，手挽手地路過一排排小吃店，無奈只能吃八十塊錢一碗的米線，還開心得不得了。那時候我總在想，這世界上唯一能夠戰勝貧窮的就是愛了，被愛著的時候，窮變得不值一提。

可是，當不被愛的時候呢？更慘的是你不光失戀了，你還很窮。

之前認識了時尚社群專頁的 KOL 哞哞，哞哞什麼都好，就是眼光不太好，每次找的男朋友都不好，她的每一個男朋友我都想用「人渣」兩個字來形容，尤其是她的上一任男友。

哞哞是個典型的愛情狂和工作狂，她每天幾乎就做兩件事，一是拍美妝搭配影片，二就是和男朋友聊天。

她每天拚死拚活的拍影片寫文案，就是為了能多接幾個業配，每次一接到業配就先發個大紅包給她男朋友，久而久之她男朋友就習慣了，哪次她要是沒發紅包給他，男朋友就酸不溜丟地說：「哎呀，你又接業配了，越來越厲害了，賺那麼多。」話外的意思無非就是，接業配了還不趕緊發紅包給我啊。

當然這些都是後來我和哞哞吃飯聊天時她告訴我的。哞哞跟我說，雖然她的業配費用很高，但花在自己身上的錢很少。按理說像她這樣的時尚 KOL，肯定會經常曬一些買買買的照片啊，恨不得一張照片換一套衣服一個包，但咩咩不是，她只有一個名牌包，背著它出席了很多活動，每次出鏡都是那個包，穿的衣服也總是 H&M、ZARA 的一些基本款。

後來，我反問她錢都花哪兒去了。

咩咩這才娓娓道來，原來她男朋友是一個活在社群網站上的富二代，而實際上，他所有的奢侈品都是咩咩給他買的，甚至他經常打卡的一些高級餐廳飯店，也都是他要求咩咩和他一起去的，咩咩付的錢。

我不知道怎麼繼續這個話題，因為我知道咩咩很喜歡他，怕說多了會讓她難過，只能說其實給喜歡的人花錢也是一件開心的事。

我剛說完這句話，咩咩哇的一聲就哭了起來，邊哭邊跟我抱怨，說她男朋友對她越來越冷淡了，經常三四天不理她，問他去哪裡了，幹嘛了，和誰在一起，收到的回應總是「你煩不煩啊」。

聽到這兒，我被氣得炸毛了，花著女朋友的錢怎麼還能這麼囂張，真把自己當富二代了嗎？

我開始勸咩咩和他分開，咩咩搖搖頭說：「唉，其實我還蠻喜歡他的，不想和他分手。」

我也搖搖頭說：「算了，感情的事還是自己決定為好。」

後來過了不到一個月，咩咩被分手了，男生出軌了。

咩咩大半夜打電話跟我哭訴，我們從凌晨一點一直聊到了早上七點，她和所有的失戀女生一樣，傷心難過委屈，可以說那六個小時的聊天，她哭了五個小時，隔著電話我都能想像到她那腫得像桃子一樣的眼睛。

最後掛電話的時候，她跟我說，自己在家裡待著實在太難過了，想要出去散心，於是，當即就定了第二天飛夏威夷的機票。

隨後一星期，咩咩的社群帳號上全都是碧海藍天的風景和吃不完的美食，她在海邊曬著日光浴，網路上曬著她在天臺泳池穿著比基尼的照片，誰又想得到她是個剛過失戀的女孩呢？

那天我私訊問她：「你現在還難過嗎？」她回我：「看了這麼多風景後，才知道這世界上能讓我變快樂的事太多了，我之前幹嘛要跟一個總是讓我不快樂的人在一起呢，我想通了，之前的自己實在是太傻了，也太天真了。」

我不解地問她怎麼可以釋懷得這麼快，她跟我說：「你知道嗎？我發現把錢花在自己身上真是太爽了，我之前到底是錯過了多少的美好啊。」

聽完她的話後，我就在想，我當初失戀的時候，躲在被子裡哭，坐在教室裡哭，跑到操場上哭，在不知名的小餐館點一打啤酒，邊哭邊喝，真是夠慘的。

有錢人失戀和窮人失戀是真的不一樣。

我以前看到過這樣一段話：沒錢的女生失戀了只能買雞爪啤酒坐在路邊哭，而有錢的女生失戀了可以在巴黎哭、紐約哭、倫敦哭，想怎麼哭就怎麼哭。

是啊，你看，有錢的時候，失戀都可以很酷。

前一段時間我在追一部劇《漂洋過海來看你》，女主角在經歷了被劈腿和離婚之後，沒哭沒鬧，帶上錢包就和閨密去買買買，更是二話不說就給自己來了一場說走就走的旅行，最後還在旅行中遇到了真愛。

可能你會說電視劇是虛構的，但不得不承認，現實生活中確實存在著這樣的人物故事。就像是之前朋友和我說過的一句話一樣，你人生中的大部分苦惱，包括愛情在內，都可以統一概括：因為你窮。

正是因為這種種，才有了網路上那句很紅的話：我現在已經對談戀愛不抱任何希望了，我只想發財。

是啊，要是我有錢，我不開心的時候就把自己購物車全清了，全世界天南海北地玩，去百貨公司刷爆卡，讓自己沉浸在新衣服、新鞋子、新包包、新化妝品的喜悅中，我就不信這樣還能整天哭哭啼啼的，覺得全世界就自己最慘。

我之前關注過一個網紅，有天我閒得無聊翻她的相簿，翻到了她四五年前的照片，那些照片讓我傻了眼，可以說要不是那是她自己發的照片，打死我也不相信那是她。那些照片真的是比她現在的照片看起來老了十歲，不對，可能是老了二十多歲，毫不誇張。

我趕緊截圖傳給阿倉，我說你看看，有錢了連人都能變美，這簡直是逆生長啊。阿倉回我說，是啊，這世上絕大多數的事都是可以用錢來解決的，所以埋頭賺錢這件事從來都不會錯。

《漂洋過海來看你》裡面還有這樣一個情節，有個女生失戀了，和同事一邊哭一邊抱怨，突然她同事說了一句：「哎，你今天塗的這個口紅顏色好漂亮啊。」那女生突然笑了：「是啊，我也覺得好漂亮，這可是前一段時間我搶的限量版口紅，超貴的。」於是兩個人畫風突變聊起了口紅。

雖然現實生活中的難過很少會像電視劇裡演的一樣，因為一支口紅，下一秒鐘就可以變好。但要承認，錢雖然不是萬能的，但是它確實能讓你在失戀和難過的時候不會過得太慘。

有句話說得好，窮人失戀才買醉，有錢人失戀都買包。雖然我不認同拜金主義，但想跟你說的是，請你努力變好，努力賺錢。因為當你足夠好的時候，你想要的自然會來到你身邊，「你若盛開，清風自來」不是沒道理的。

所以，如果你再問我失戀該怎麼辦？我只能說，擦乾眼淚，大步向前走，努力變好，努力賺錢，好好生活。總不能身邊沒人，錢包裡又沒錢，你說是吧？

長大就是把一個可愛的神經病
變成無趣的正常人

去年的這個時候，我剛剛從畢業論文口試的教室走出來，一邊慶祝自己順利通過口試，一邊和室友計畫著晚上要去哪裡喝酒慶祝和告別。

時間過得好快啊，好像是昨天我們才剛剛喝完酒，哭著說了再見，可是，其實好多人已經有一年沒再見面了。

好懷念去年這個時候，每天都在和室友、學妹、學弟約吃飯，忙著喝酒、忙著吃肉、忙著告別，當然那時並不喜歡當時的狀態和情景，因為總是在說再見，總是在揮手，就好像做好了一切都沒有以後的打算了。

然而此刻的我卻覺得，那時候真好啊，反而曾經憧憬了很多次的現在卻變得一點都不好玩，規律的作息時間，每天都在一棟棟辦公大樓裡進進出出，除去經營社群寫文章，幾乎沒剩多少時間了，想想我都有半年時間沒過喝酒了，甚至都沒有情緒崩潰失控的時候了。

一切好像都很正常，又總覺得哪裡怪怪的。

閒著的時候，我總結了一下畢業這一年來自己的生活，沒有想像中那樣艱難，甚至我都想用順利兩個字來形容這一年的生活。

在剛畢業離開學校的時候，我身邊的同學要麼回家，要麼到想去的城市找工作，而我給自己放了半個多月的假去畢業旅行。

當時的我一點都不著急找工作，因為總覺得這次是真的畢業了，再也不會用學生來稱呼自己了，應該給這僅有的一次畢業一些儀式感，哪怕只是出去走走。

畢業旅行結束後，我回到這個大城市，正是最熱的時候，那段時間找工作應該是我畢業後最焦慮的一段時間了，不斷懷疑又不斷肯定自己，也遇到很多不可靠的公司，也曾在黑夜裡嘆過氣流過眼淚，好在最後順利到了現在的公司，沒有特別厲害，但讓我覺得還不錯，起碼知道了大城市的互聯網公司是怎樣的一種氛圍，讓我得到了滿足。

那段時間可以算是蠻幸運的了，不僅找到了不錯的工作，還遇到了自己很喜歡也很喜歡自己的人，彷彿是上天同時幫我把窗戶和門打開了。

這一年慢慢走下來，其實是很難發現變化的，但停下來對比就會發現，變化還挺明顯的，找到了適合自己的工作，做自己喜歡的事情，還因此賺到了錢，喜歡的東西也都會毫不猶豫地買給自己，也不用面對討厭的考試了，每天都會寫些文字記錄自己的情緒變化，再偶爾和男朋友吵吵架、撒撒嬌。

看似是很好的生活，但我又時常覺得好像並沒有那麼快樂，因為每天都要像一個真正的成年人一樣去思考和解決很多問題。

比如紅燒肉要怎麼做才好吃，冰箱裡的雞蛋要多久吃掉，早上要起多早才能既做好早飯又能洗好盤子，什麼牌子的洗衣精好用味道又好聞，屋子裡有飛蛾要怎麼把牠趕出去，燈壞了要怎麼修，還有要存多少錢才能在喜歡的城市買小房子。

之前的這些問題我都是不用想的，紅燒肉、雞蛋、早飯、洗衣精這些媽媽做就好了，燈壞了爸爸會修，哪還用得著我去考慮這些生活上的問題啊，我只需要做一個無憂無慮的小孩就好了啊。

但現在真的不一樣了，我成長成一個什麼都要自己做的大人了，要一邊焦慮著這些生活上的問題，也要一邊應對著工作中的各種各樣的問題和麻煩。

前兩天下班剛回家，我剛煎好了牛小排，洗好了櫻桃，突然被主管 call，打開電腦開始改白天寫的報告。

你們能想像到那個畫面嗎？我一個人抱著電腦坐在牛小排面前，飛速地敲著鍵盤，我拍了張抱著電腦和牛小排的合影傳給朋友，朋友傳來了整整一個螢幕的「哈哈哈哈哈」，說我好慘啊。

我哭笑不得。

晚上睡前我又抱著手機和阿倉抱怨了好久，最後說了一句，算了，不說了，睡覺，明天還要起來繼續寫報告。

阿倉感嘆，唉，成年人的生活真的是沒有放棄和容易啊，吐槽抱怨之後，還是會沿著既定的路線走下去。

是啊，這大概就是代價吧，擁有了自由和決定權之後，總是要更辛苦一些。

昨天阿倉說，她打算辭去正在實習的工作，要躺在家裡什麼都不幹，她問我，會快樂嗎？

我說：「我在像你這個時候，就整天躺在宿舍裡什麼都不幹啊，現在想想真的是快樂得很。」

她說：「我和你的不一樣大概就是，你躺在四千元一年的宿舍裡，而我躺在一萬五一個月的分租套房裡。我不能什麼都不做，我得做點什麼才能把房租湊出來。你看啊，小的時候多好，哪需要我們焦慮這些事情呢，這樣想想，爸媽也很不容易，這樣生活了很多年還很少抱怨，而我才剛開始就有點累了。」

真的太太太不喜歡長大了，成年人的世界真的太不好玩了。

成年人要體面，對待愛情和友情都要體面和謹慎，很多東西沒辦法拿到檯面上說，很多情緒也只能咽到肚子裡。脆弱的樣子都不想讓別人看到，哭的時刻越來越少，但只有自己知道。真的就是表面上不動聲色，心裡已經泣不成聲。

成年以後，我的情緒是靜音的，就像手機一樣，已經很久沒有用過響鈴模式了。沒開玩笑，如果可以我真的希望當一輩子的小孩，無憂無慮的，最大的煩惱就是寫作業，吃個棒棒糖會開心好久。

但回不去就是回不去了，像阿倉說的一樣，抱怨和吐槽完，還是要沿著既定的路線走下去。

加油吧，我們是大人了。

用自己喜歡的方式
過完這一生

週一下午四點，我坐在阿倉住的附近的一家肯德基敲下這些字。

通常我一個人的時候，是不會單獨跑出來寫稿子的，儘管阿倉總是勸我沒事的時候多出去走走，別總憋在家裡，我卻總拿我還要寫推送文案為由說沒時間出去。她說我其實就是怕孤獨，但我知道我不是害怕孤獨，只是一個人的時候實在太懶了，行動力非常差，寧願窩在床上餓一整天也不願自己出去。

但今天我能抱著電腦出來，要我說原因的話，我也說不出來。

其實，下午兩點多的時候我從噩夢中驚醒了。這還是我第一次在夢中嚇醒，那個夢很真實，直到現在過了幾個小時後，我還是能清晰地記得夢裡的畫面。

夢中，我出門的時候正好偶遇到兩個以前關係很好的高中同學，我熱情地走上前打招呼，沒想到他們卻視而不見根本不搭理我。我硬是站在他們兩個人面前追問了半天，為什麼不理我，他們這才跟我說，覺得我太假了，大學沒畢業就月入八九萬有什麼可炫耀的，還不是靠寫一些矯情文廣告文案賺錢，有什麼了不起的，這些他們也能做，說我一個垃圾學校畢業的學生幹嘛非得把自己裝的那麼厲害，累不累啊？說自己是名校生都在乖乖上班，還告訴我很多以前關係好的同學都在背後悄悄議論我。

於是我在夢裡哭著跟他們解釋了半天：真的不是那樣的，你們都是我的好朋友，我沒什麼好炫耀的，我也不覺得自己有多了不起。我在夢裡差點哭得要斷氣了，可是他們還是什麼都不聽，好像都不打算再繼續和我做朋友了。

最後哭著哭著被自己嚇醒了。

醒來看到阿倉發訊息給我，就把噩夢轉述給她，她知道我最近狀態太不好了，就拚命勸我出來走走，可能是因為做了噩夢的原因，今天就聽從她的話。

寫下這篇文之前發訊息給室友說了剛剛的噩夢，室友問我，是不是我腦袋裡每天都在想這些，所以才會做這樣的夢。

我難過地回覆她說，是，我真的很害怕失去朋友，很害怕很害怕，也很在意他們對我的評價。

室友反問我，為什麼會害怕他們的評價，又沒做偷雞摸狗的事，有什麼可怕的，再說，也沒有真的厲害到他們厭惡和議論的地步，就算真的到了那一步，夢變為現實，這樣的朋友不要也罷啊。

我低頭咬著嘴裡可樂的吸管，是啊，大家都很忙，沒有人每天閒得沒事一直關注的生活、你的一舉一動，更沒人在意你生活得多用力和多不堪。

其實在之前，我一直都是一個十分在意別人對我評價的人。三年前失戀的那段時間，我刪掉了社群帳號裡幾乎所有的動態消息，也持續了近兩年的時間，每次發動態都要設定高中同學看不到。我是真的非常不想讓他們看到我不堪的一面，害怕他們覺得我是一個很沒用的人，那時的我太懦弱了，懦弱到我不知道該怎樣去面對曾經的那些朋友和同學。

於是，我像人間蒸發一樣，在高中同學當中消失了很長很長一段時間。

過了那段時間，我開始試著出現在他們的視野中，但依舊會在意他們對我的評價，會在意他們是否認可我做的事，是否認同我的三觀。

直到前一段時間，我看到小北對彭于晏的採訪，她在後來的一集節目裡說：「很多人都知道我喜歡彭于晏，卻很少有人知道我為什麼喜歡彭于晏。有一部分人是沉迷他的外表，也有一部分是被他勵志的人生經歷所觸動。而我喜歡他是因為，他曾經是我的精神支柱，陪我度過了人生最艱難的低潮。」

小北說，在她畢業不久後，經歷過人生的低潮，找工作、失戀和考研究所落榜，好像一瞬間所有不幸的事情通通來到她的生活中，一下子讓她手足無措，每天宅在家裡，甚至有了輕生的念頭。後來無意間看到了彭于晏說的那句話：「人生很長，為了別人活得很辛苦，不如讓自己的人生開心一點。」

小北在節目中反覆說，是彭于晏的那句話改變了她，讓她勇敢地去面對眼前的一切挫折與困難，去自信地面對周圍人對自己的評價。

也正是因為那樣的一句話，讓小北走出低潮期，到後來辭職創業，成立自己的工作室，再到如今的一個非常完整的公司，從一個人變成了一群人，從一個渺小而微不足道的存在，到找到了人生可以為之奮鬥和堅信的目標與信仰。

聽完那集節目後，我豁然明朗。

我們只有一個人生，要用自己喜歡的方式去過完這一生，苦也是一生，樂也是一生，

如果一直活在他人的評價裡，變得不快樂，為什麼不試著跳出來，如果連自己都不能討自己歡心，還怎麼奢望能有人來討你歡心呢？

曾經，我每隔一段時間就會陷入一種特別焦慮的狀態中，會把所有的時間都花在矯情上，每天想七想八，想著別人為什麼比我優秀那麼多，為什麼有些事情他做得到，我卻做不到，然後就變得很玻璃心，抱怨命運不公平，在想這些亂七八糟的事時，我根本就沒有意識到，我把該努力的時間都浪費掉了。

而現在，我似乎開始變得對很多事情毫不在意，看到別人在網路上罵我矯情駁我三觀的時候，以前我往往會和他們爭得面紅耳赤，而現在的我開始假裝看不見，不是同意他們的反駁，只是我知道，最好的回應不是言語上的搏擊，而是毫不在意。

當我真的不在意這些時，我才發現，曾經的我因為過分在意別人的評價和惡言嘲諷，讓我忘記了自己真正需要去做的事情，總是把大部分的時間放在別人為什麼這樣評價我、為什麼要看不起我這樣的問題上，讓我忘了自己的信仰和一直追求的事在哪兒了。

未來，我知道，向來敏感且心思細膩的我，還是會或多或少地在意別人對我的評價看法，但我想，我會為自己披上堅實的鎧甲，讓自己變得無堅不摧，讓我可以笑著接受他人的惡言和生活的暴風雨，既可以笑著接納所有的褒獎，也可以虛心的接受所有的批評。

但無論如何，我都會用自己喜歡的方式度過這漫長而美好的一生。

希望你也是。

後記——

那個讓我再一次心動又奮不顧身的人

其實在這本書的初稿中，並沒有這篇文章，因為他是後來才出現在我的生命中的。在這本書簽約的時候，我是有私心的，當時我還處在上一段感情的折磨之中，希望能透過這本書，把我內心的情緒真實地表達出來。我斷斷續續地寫了很久很久，漸漸發現，那些曾經讓我焦慮、煩惱、痛苦的事情，正一點一點地從我的生活中消失。直到我寫下這些字的時候，我已經能坦然地告訴自己，我走出了陰霾，現在的我很快樂，也很幸福。我從來都沒有正式地向任何人介紹過他，但我想在這裡和你們聊一聊那個讓我再一次心動又奮不顧身的人。

二〇一七年七月，我畢業後重新回到這個大城市，那個夏天對我來說是新的開始。我剛回來的那段時間很焦慮，我不得不承認自己是一個很矯情的人，會因為天氣太熱而焦慮，也會因為突如其來的一場暴雨開始難過。當然，那段時間更多的焦慮是關於自己對未來的不確定和該如何一個人在這座城市裡生活。就在那時，他出現了。

那是我畢業後換的第二份工作。我到職的第一天，第一次見他時就喜歡上了他，算是一見鍾情。其實我也不懂一見鍾情到底是一種怎樣的感覺，只是見到他的那一刻，我覺得他笑起來的樣子真好看，讓我滿心歡喜。

我回到座位後，立刻發訊息給阿倉說：「辦公室裡有一個很好看的小哥哥，我有點喜歡他。」

幫我找了快一年男朋友的阿倉秒回我：「那你快點加他好友，和他聊天，約他出來吃飯看電影呀。」

單身三年的我很不解風情地回她：「這樣不太好吧？」

隔著螢幕我都能想像到，阿倉肯定看著聊天框白了我一眼。

果真，她回了我一句：「你找不到男朋友就對了。」

「好吧，我去試試。」我回阿倉。

說完我就跑到工作群組裡，打量著群組裡的那些頭像，哪一個是他？研究了半天也沒有找到一點蛛絲馬跡，於是我放棄了。那之後的每一天阿倉和我說的第一句話都是「你今天有沒有加到小哥哥的帳號？」，而我每次給她的答案都是否定的。終於在第四天早上，我在公司樓下等電梯，小哥哥走過來，和我打了聲招呼，那是他第一次和我說話，我激動得不得了，表面卻很淡定地回了一句：「早。」

我當時真的覺得一句「早」已經讓我很滿足了，誰知道，他又繼續和我講話了！

小哥哥看著我說：「最近公司推送的社群專頁文章是你寫的嗎？」

「對呀對呀。」

「你有用音樂串流 App 嗎？」

用，怎麼了？」（其實那時我只是手機裡下載了 App，卻幾乎沒怎麼打開過。）

「最近社群專頁的文章裡面配的歌都很好聽，你可以把歌單分享給我嗎？」

「好。」

我在心中偷笑了幾秒鐘，才反應過來這是個加通訊帳號的好機會。我沒有猶豫地說：「我們加個好友吧。」

他遞過手機讓我掃他的 QR Code。

我立刻開心地和阿倉說：「今天加到了小哥哥喲。」

阿倉比我還著急地問：「發生什麼了？發生什麼了？怎麼加到的？」

我沒理她，我忙著打開音樂 App 加入會員，建立歌單。我覺得自己很好笑，明明從來沒有用過這 App，文章裡加的歌是從網路上直接下載的，根本沒有什麼歌單。可是誰知道，在他面前，我說謊連眼睛都不眨一下，自己都差一點信了。

後來，我搞了一上午，終於搞好了歌單，很開心地分享給他了。自從加了小哥哥的帳號，阿倉每天督促我主動和小哥哥聊天、發動態消息，但我偏偏又是一個很少更新動態的人。後來有天晚上下班，我搜腸刮肚發了則動態消息，結果不到五分鐘小哥哥按讚回應了。

我抱著手機在地鐵上笑得像個傻子，趕緊傻呵呵地告訴了阿倉，阿倉回我：「別猜了，他肯定喜歡你，不然誰沒事回應你這麼無聊的動態。」

後來我每到晚上就會有一搭沒一搭地找小哥哥聊天，週末就約他出來吃飯看電影，那段時間身邊的人都說我渾身上下都冒著粉色泡泡。

早上從地鐵站出來，我會故意走很慢，因為我知道他應該會坐下一班地鐵到這裡，我就在心裡一直期待著他能從後面追上來，和我一起走一段不長的路。晚上下班的時候，明明已經七點多了，我卻拖拖拉拉地不想走，想等還在加班的他。

和他一起看電影的時候我會笑得很開心，也可能因為看的是喜劇；和他一起吃飯的時候我會笑得很開心，不知道是不是因為火鍋太好吃了；被他送回家的時候我會很開心，可能是因為太久沒有人送我回家了。

遇見他之後，我總會想盡辦法在生活中偶遇他。突然想起來前一陣子看綜藝節目《妻子的浪漫旅行》，張嘉倪在節目中說的一段話特別讓我心動。她說，自從第一次見面之後，買超就再也沒有從她的生活中消失了，他無時無刻不在所有的機會中「湊巧」碰到她。而那段時間的我，扮演的大概就是買超那樣一個角色。

是心動嗎？是吧。

說起心動，我想起了高中時候喜歡一個男孩子時的心情。

高三那年，明明所有任課老師都不喜歡我，明明學校的作息時間像魔鬼一樣可怕，但我就是很喜歡上學，甚至每天早上四點半就爬起來，五點多走進教室。不是為了去早一點可以多學一些內容，而是想著那個時間去學校可能會在路上剛好遇見我喜歡的那個他。現在想想，是那個男生支撐著我走過了漫長煎熬又痛苦的高三時光，如果沒有他，我可能很早就放棄自己了。所以，我很確定，那時的感覺是真真切切的喜歡。

我曾以為那樣的心動、
那樣的費盡心思、算著時間、
製造偶遇的喜歡永遠都不可能再在我身上發生了，
直到我遇見他。

穿著新鞋腳被磨得破皮流血還要加快腳步走路，只是因為想跟上他的步伐，疼一點好像也沒關係。因為要見他，提前敷面膜，換新買的衣服。怕太做作，還把濃妝換成了淡妝。能當天洗頭髮，絕不前一天晚上洗。喜歡上班，變得沒那麼喜歡放假。我時常覺得，還會心動就已經很不容易了，畢竟現在的人很少說「心動」這個詞了。因為變化太快，會打自己的臉。

可是，我還是覺得，我需要保留那最後一份真誠和快樂。年少時，那個喜歡的男孩輕輕敲了一下我座位旁邊的窗戶，遞來一杯熱呼呼的奶茶，笑笑就走了，我可以開心整個晚自習。

我想，同樣的場景放到現在，我也還是會心動的吧？加班到很晚，匆忙走出公司，在樓下見到你，你走過來幫我繫上圍巾，一隻手遞給我奶茶，一隻手握緊我的手，然後自然地放進你的口袋裡。我暖暖地對你笑著，忙了一天的疲憊感好像也跟著褪去了。

在我看來，感情最好的狀態就是理智和心動各有一半，只是每一個年齡層對心動有著不一樣的理解。就好像，十八歲的時候，只是遠遠地看著你在籃球場上奔跑的背影就很心動。二十八歲的時候，看著你西裝革履、從容不迫地應對各種工作的樣子很心動。四十八歲的時候，看著你和小孩子搶著玩遊戲機怎麼都搶不過的樣子也很心動。那八十歲呢？我想，是一覺醒來，看著身旁的你頭髮花白，會很心動——真好，我們一起走過了那麼多年。

後來，我順其自然地和小哥哥在一起了，我問：「喜歡我嗎？」

他點了點頭說：「喜歡。」

那是我第一次主動問一個男生：「我喜歡你，你喜歡我嗎？」很多時候大家都說女孩子要矜持。但我不覺得，我是那種一旦確定了喜歡，就會馬上告訴對方的人。小哥哥答應我之後就到處和別人炫耀是我先追他。

和小哥哥在一起後，我能感覺到我的生活像是被重啟了一樣，那個每天垂頭喪氣的我好像也一去不復返了。

很早很早之前就聽過一句話：「被你愛過之後，就很難覺得別人有多愛我了。」沒記錯的話，是很早以前的一個朋友在和我形容她男朋友時說的。那時我不懂，只能暗暗在心裡羨慕她，又心想著，我可能這輩子都沒有辦法遇到了。但現在我好像漸漸懂了那種感覺。說真的，被他愛過之後，我都覺得以前遇到的都不是愛情。

我是個超級容易被感動的人。以前談戀愛的時候，我喜歡看NBA，喜歡Kevin Durant，然後我生日前幾天，我會各種提醒前男友我要過生日了，他才買了禮物給我。那是一件在網拍上隨便一搜就買得到的Durant的T恤，大小還不合適，我卻還是感動到不行。小哥哥不一樣，他耐心地為我準備每一個節日的驚喜，很多時候我都忘記了，他卻還記得。你看，這兩份愛，一份輕飄飄的，一份沉甸甸的，所以我真的會覺得那時遇到的都不是愛情。

你知道嗎？在愛情中感受到被愛是很重要的。和他在一起的時候，他走路看手機處理工作時，總會下意識地牽著我的手。他一個人哼歌的時候也總會把我的名字編進歌詞裡，奇奇怪怪地唱出來。他每天大概要喊我的名字幾百次，每次問他幹嘛，他總是說：「沒事，就是想喊你。」

我真的覺得這些時刻比起一句「我愛你」溫暖多了，它們能讓我時刻感到自己是被愛的。

他就像我的退路一樣，總是跟我說：

「沒關係的，你累了就什麼都不要做，還有我，我養你。」

這樣的話聽起來好像沒什麼用，可是真的讓我覺得很舒服。雖然我不會停止努力，但我知道，他願意在我身後撐著。

前一段時間，和朋友聊天的時候說起愛情，她跟我說，希望那個愛自己的人永遠都不要看到自己糟糕的一面。

我問她：「為什麼？」

她說：「因為覺得自己有很多不好的地方，有的時候連自己都討厭自己，就很不想讓那個人知道這些，害怕他會因此離開。」

我搖了搖頭跟她說：「可是，如果他因為看到了你那些不夠好的一面而走掉的話，也說明他不值得你去喜歡，可能他就是錯的人。」

我是那種非常自卑的人，之前談戀愛時總會擔心很多，害怕對方因為我哪裡不夠好，突然不喜歡我了，於是就瘋狂地改變這些，把自己弄得很累，最後那個人還是離開了。很久之後我才想明白，很多東西，一開始你在意，到最後還是會在意，很難去改變。就好像有些人從一開始就沒有想過要和你一起走很遠的路，他早就做好了中途離開的打算，再多的挽救都無濟於事。

我剛認識小哥哥的時候，就裝得很聽話懂事，畢竟人和人剛認識的時候，都覺得對方很好，尤其是在愛情剛開始的時候，怎麼看那個人都會覺得可愛。但在一起久了，什麼問題都會暴露出來。我們兩個經常吵架，甚至有一段時間吵架頻率非常高，大概是兩天一次。上一次吵架，我們兩個人一整天都沒說話，即便是待在一起，也是各自玩手機。講真的，我知道是我的錯，我明明在內心說了一千遍對不起，卻倔強地一句話也不肯和他講。後來他憋不住了來跟我說話，晚上下班出地鐵站的時候，他走過來拉起我的手，像沒吵過架一樣。

過了好久之後我問他：「為什麼那麼生氣，後來還是主動找我了，不是說再也不要理我了嗎？」

他說：「我覺得我要是不理這個小女孩的話，她好可憐。」

我們都不是完美的人，我身上的所有缺點他都看在眼裡，甚至總會時不時地開玩笑列舉我的缺點，但每次我反問他：「為什麼我有這麼多缺點，你還跟我在一起？」

他都會可愛地說：「因為我喜歡你。」

還有的時候，他損我損到一半的時候，發現我表情不太對，就趕緊改口說：「我愛你。」

我之前談過很多次戀愛，可是之前聽過的「我愛你」加起來可能都不如他一週和我說的。雖然這樣隨口說出來的話只是習慣，也可能沒認真就講了出來，但我還是會因為這樣點滴的浪漫而感動。和他在一起最開心的就是，我可以做自己，不會因為自己不夠好而擔心他會離開。記得電影《心靈捕手》裡有這樣一句臺詞：「『不完美』才是好東西，能選擇讓誰進入我們的小世界。」我想跟他說聲謝謝，謝謝他在看到了我所有糟糕的樣子後，還依然愛著我。

這個世界總是在教我們努力去做一個不動聲色的大人，要我們咬著牙，披荊斬棘，笑臉相迎生活裡的風風雨雨，真的很累。

我希望，我們都能遇到那個對的人，
外面風很大，卻可以躲在他的懷裡，做個小孩。

我以前總覺得自己很難再愛上別人，不敢再去相信別人，是小哥哥的出現讓我改變，很俗氣地說，是他打開了我緊緊鎖住的心門。

那天在家，我對著阿倉的貓喊：「小貓貓，你不要到處亂跑哦！」阿倉突然看著我說：「我發現你談了戀愛後溫柔了許多，對我的貓都這麼溫柔，以前你只會一句話不說地把牠從你的身上拿開。」

我笑了。

我最近是真的凶不起來了，說話都比以前可愛多了，大概是因為小哥哥也總是溫柔地和我說話吧。

微文學35

我可以很喜歡你，也可以沒有你

作　者——七樓的貓
主　編——楊淑媚
責任編輯——朱晏瑭
封面設計——李佳隆
書名手寫字——莊仲豪 IG @ zeno.handwriting
內文設計——林曉涵
校　對——朱晏瑭、楊淑媚
行銷企劃——謝儀方

總編輯——梁芳春
董事長——趙政岷
出版者——時報文化出版企業股份有限公司
一〇八〇一九臺北市和平西路三段二四〇號七樓
發行專線——（〇二）二三〇六六八四二
讀者服務專線——〇八〇〇二三一七〇五
（〇二）二三〇四七一〇三
讀者服務傳真——（〇二）二三〇四六八五八
郵　撥——一九三四四七二四　時報文化出版公司
信　箱——一〇八九九　臺北華江橋郵局第九九信箱
時報悅讀網——www.readingtimes.com.tw
電子郵件信箱——yoho@readingtimes.com.tw
法律顧問——理律法律事務所　陳長文律師、李念祖律師
印　刷——勁達印刷有限公司
初版一刷——二〇二〇年七月十日
初版十刷——二〇二四年五月三日
定　價——新臺幣三二〇元

時報文化出版公司成立於 1975 年，並於 1999 年股票上櫃公開發行，於 2008 年脫離中時集團非屬旺中，以「尊重智慧與創意的文化事業」為信念。

我可以很喜歡你,也可以沒有你 / 七樓的貓作.
-- 初版. -- 臺北市 : 時報文化, 2020.07
面 ;　公分
ISBN 978-957-13-8270-8(平裝)

855　　109008861